中國語言文字研究輯刊

七 編

許 錟 輝 主編

第 1 冊

《七編》總目

編 輯 部 編

徐國銅器銘文研究

孫 偉 龍 著

花木蘭文化出版社

國家圖書館出版品預行編目資料

徐國銅器銘文研究／孫偉龍 著 -- 初版 -- 新北市：花木蘭文
化出版社，2014〔民103〕
目 2+198 面；21×29.7 公分
（中國語言文字研究輯刊 七編：第 1 冊）
ISBN 978-986-322-841-7（精裝）
1.金文 2.西周
802.08   103013627

中國語言文字研究輯刊
七 編　　第一冊　　　　　ISBN：978-986-322-841-7

徐國銅器銘文研究

作　　者　孫偉龍
主　　編　許錟輝
總 編 輯　杜潔祥
副總編輯　楊嘉樂
編　　輯　許郁翎
出　　版　花木蘭文化出版社
社　　長　高小娟
聯絡地址　235 新北市中和區中安街七二號十三樓
　　　　　電話：02-2923-1455 ／傳眞：02-2923-1452
網　　址　http://www.huamulan.tw 信箱 hml810518@gmail.com
印　　刷　普羅文化出版廣告事業
初　　版　2014 年 9 月
定　　價　七編 19 冊（精裝）新台幣 46,000 元

《七編》總目

編輯部編

《中國語言文字研究輯刊》七編　書目

《中國語言文字研究輯刊》七編
各書作者簡介・提要・目次

第一冊　徐國銅器銘文研究

作者簡介

　　孫偉龍，男，1979 年生，漢族，籍貫山東。2009 年獲得吉林大學漢語言文字學專業博士，師從李守奎教授。現爲河北工業大學人文與法律學院講師，河北省語言文字協會理事，中國古文字學會會員，天津國學會會員。在《古文字研究》、《中國文字研究》等刊物發表《楚文字男、耕、靜、爭諸字考辨》、《「幾」、「敚　」二字異同考辨》、《也說「文字雜糅」現象》、《文字羨符成因考》、《上博簡標識符號五題》、《〈詩經・豳風・七月〉「肅霜」考辨》等古文字古文獻專業論文多篇。參與編著《上海博物館藏戰國楚竹書（一～五）文字編》、《字源》等書。主持教育部人文社科一般專案「楚文字羨符研究」、河北省社會科學基金年度專案「楚文字構形研究——出土楚文獻文字構形研究」等課題。

提　要

　　徐國的青銅器可以把江淮下游，諸如江、黃等許多小國的銅器與長江以南，時代大致相近的一些銅器在斷代、花紋形制諸多方面聯繫起來，對於探討長江中下游地區青銅文化的發展狀況，具有重要的價值。但是，迄今爲止尚未發現一座完整的、可以確定爲徐國的墓葬〔註1〕，現在可以確認爲徐國的銅器，都是有銘文的。爲了把握已知的徐國銅器的風格特徵，再運用類型學等方法去鑒別未知的徐器，本文本著立足求實，力爭創新的態度，對現知的二十件有銘徐國銅器作了系統的整理與研究。

本文分爲三部分，第一部分爲前言，對徐國的歷史及徐國銅器的特點及其時代、分組等問題作了介紹；第二部分對徐王糧鼎、宜桐盂、庚兒鼎、沇兒鎛、徐王子旃鐘、義楚耑、徐王義楚耑、徐王義楚盤、徐王義楚劍、徐王義楚元子劍、僕兒鐘、徐令尹者旨𦣞爐盤、徐王禹父耑、徐䣄尹鉦、徐王之子利戈、次□缶蓋、之乘辰自鐘、徐王之元子㭒爐、徐𦣞尹湯鼎、徐王戈，這二十件徐國銅器的著錄流傳、形制花紋作了介紹，對其銘文作了整理研究。第三部分爲「字形表」，爲徐國銅器銘文做了一個字編，供讀者檢索比對。

〔註 1〕有學者認爲江蘇邳州市九女墩大墓群是春秋晚期徐國王族墓群，但此墓葬中出土有銘器物國名多寫作「舒」，關於其國別仍存爭議。

目　次

第二冊　楚系簡帛文字形用問題研究

作者簡介

　　許萬宏，男，1963 年出生於安徽省繁昌縣。1978 至 1981 年，安徽省南陵師範學校普師專業學習。1998 至 2001 年，復旦大學中國語言文學系學習，獲文學碩士學位。2008 至 2011 年，中國社會科學院研究生院語言系學習，獲文學博士學位。2001 年至今，在黃山學院中文系任教，主要講授《古代漢語》、《訓詁學》、《漢語史》等課程。多年的求學過程，學習、關注的重點始終爲漢語言文字與訓詁。

提　要

　　拙著以戰國楚系（楚地）簡帛文字作爲主要研究對象，旨在側重於楚系文字形體與應用問題的討論。我們是想通過簡帛材料的考察、分析、研究來探討楚文字字形與應用方面的一些現象，以期能理出一些規律性的現象。

　　第一章　爲緒論，主要涉及對戰國「文字異形」的認識以及前人對楚系文

字的研究概況。如果戰國時期不同地域的文字分歧不大,甚至可以忽略的話,那麼,我們也就沒有深入研究楚文字的必要。從這一意義上說,「文字異形」是討論戰國楚文字的前提和基礎,所以我們把這部份置於全文之首。

　　第二章　討論的是典型楚系文字,不過文中所說的典型楚文字並不包括我們常常論及的形體特殊的那些文字,而是指那些形體雖然常見,但在簡帛材料中用法迥異的那部份文字。

　　第三章　爲典型的楚系偏旁結構,通過統計、分析以及與他系文字的比較,我們著重討論了楚文字幾個構字偏旁在字形中的位置。這幾個構字偏旁是十分能產的,位置相當固定,不因楚文字內部地域或書手的差異而有所不同。它們對內具有普適性,對外具有區別性,應該可以看作是楚文字中具有地域特色的部份。

　　第四章　是關於異體字的論述,文中使用的是狹義的異體字概念。討論異體字中的種種現象首先要排除非異體字的部份,我們認爲楚文字中母字與分化字不能視爲異體字。楚文字異體字的構成較爲複雜:有承襲商周文字形體的文字與楚地特有寫法的文字形成的異體。有楚文字內部地域的不同而造成的一字異體。還有傳世文獻、古代字書中認爲是不同的字,而這些字在楚系文字實際使用過程中並沒有什麼區別,在楚文字範圍內也應該看作異體字。

　　是關於楚系簡帛文字研究的幾點思考,我們認爲楚文字的研究必須以文字的實際運用爲準繩,形、用必須結合起來研究,不可偏廢。楚文字形用方面的規律性探索應該成爲今後的一個重要論題,同時楚文字內部地域差異也應該得到更多地關注。

目　次

第三、四、五、六、七、八、九、十、十一、十二冊
傳鈔古文《尚書》文字之研究

作者簡介

許舒絜，1972 年 3 月生，臺灣花蓮人。國立臺灣師範大學國文系、研究所畢業曾任教台北市立大直國中（現改為大直高中）、國立花蓮女中。師從許錟輝先生，2000 年以論文《說文解字文字分期之研究》獲碩士學位。2002 年考取該所博士研究生，師從許錟輝先生、許學仁先生，2011 獲博士學位，其間兼任慈濟大學講師。主要從事說文解字、古文字與出土文獻相關研究，發表《說文解字部序之初探》、《郭店楚簡〈語叢〉一、二、三的字體特色》、《日本簡帛學研究評述》等數篇論文。

提　要

本文研究以文字形體為中心，從各傳鈔、傳刻古本《尚書》文字及傳鈔著錄古《尚書》文字之比對辨析入手，以今傳世本——《四部叢刊》之《孔氏傳》本《古文尚書》——為底本進行對校，呈現其文字特點並加以分析，著重於文字形體的流變——字體、字形在傳鈔及書體轉換間的形構演變、異同與特色。

本文在《尚書文字合編》所蒐集的《尚書》古本二十餘種的基礎上，加之新出土資料載及《尚書》文字者、《汗簡》、《古文四聲韻》、《訂正六書通》等傳鈔著錄之古《尚書》文字，將出土文獻所見《尚書》文字、《尚書》古寫本、《尚書》隸古定刻本等諸本《尚書》文字、諸類字體逐字對照，列入傳鈔著錄古《尚

書》字形，並與出土文字資料，如甲骨文、金文、古陶、璽印、簡帛等先秦文字進行合證，溯其源流，理清文字形體的演變脈絡，再及漢魏晉唐的簡帛、碑刻、石刻、印章、字書、韻書中的文字，辨其異同，亦即結合「縱向溯流」與「橫向流變」的推求，以考辨各類傳鈔古文《尚書》文字在字體轉寫、形構之流變或訛變關係，尤其是隸古定古本《尚書》文字的形體結構、字形源流、書寫現象。

傳鈔古文《尚書》各本不同文字階段的字形，多數與其前代或前一字體演變階段具有相承關係，也多與《說文》引古文《尚書》所見一致。其形構相異者，或承甲金文等古文字階段所沿用之字形，或為源自甲金文書寫變異或訛變之戰國文字形體，或其轉寫為篆文、篆文轉寫為隸體、隸古定方式轉寫古文、將隸古定字改為楷字等等字體轉換，歷經傳鈔摹寫而致形體多訛變。隸古定古本《尚書》文字與今本《尚書》文字構形相異者，多數與傳鈔著錄古《尚書》文字與《說文》引《尚書》文字、魏石經《尚書》古文等字形類同，乃承襲甲、金文或戰國古文形構。其文字特點是形體訛亂，混雜許多篆文不同隸定寫法、隸書俗寫及抄寫過程求簡或訛作的俗別字。其中有未見於先秦古文字而可由傳鈔著錄古《尚書》文字、或其他傳鈔著錄古文相證者，並不必然是古本《尚書》古文字形加以隸古定的原貌，乃雜有許多其成書時代——正處文字隸變、楷變尚無定體的漢魏六朝——漢字未定型的各種俗寫形體。

傳鈔古文《尚書》各本文字形體探源，來自甲、金、戰國等古文、篆體、隸書、俗別字等等，數量最多源自古文字形之隸定、隸古定、或隸寫古文形體訛變者，可與傳鈔著錄《尚書》古文、《說文》古籀等或體、出土資料先秦古文、其他傳鈔著錄古文相比對。其中可溯源見於戰國古文者最多，或者源於先秦古文字形演變。《書古文訓》的隸古定字多由傳鈔著錄古文或《說文》古籀等或體而來，戰國古文經過輾轉傳鈔著錄形體本就訛變多端，其中又雜以著錄隸變俗書的漢魏碑刻，《書古文訓》隸古定字形亦有不少由此再轉寫者。隸古定古本《尚書》文字字體兼有楷字、隸古定字形、俗字，或古文形體摹寫，字形或兼雜楷字、隸古定字、俗字、古文形體筆畫或偏旁，或因隸書筆勢轉寫古文、篆文，而造成字形多割裂、變異、位移、訛亂、混淆。隸古定古本《尚書》文字多有因聲假借或只作義符、聲符，或常見同義字替換，與其為抄寫本性質有關。隸古定古本《尚書》以隸古定字形保留因輾轉傳鈔而變得形構不明、難以辨識的隸古定古文形體，而形構不明但應屬於俗字的特殊形體，則經傳鈔保存以致易被誤視為古文字形。

目　次

第五冊

第六冊

第十三冊 《玉篇直音》的音系

作者簡介

秦淑華，1967 年出生於山西，1987 年畢業於北京大學中文系漢語專業，1990年獲北京師範大學碩士學位，2004 年獲首都師範大學博士學位。現任職於中華書局，負責語言文字學的古籍整理和學術著作的出版。入選中國出版集團第一批三個一百人才庫。

承擔了國家出版基金項目《商周金文辭類纂》《王力全集》，完成了多部國家古籍補貼項目、國家哲學社會科學成果文庫，承擔的《近出殷周金文集錄二編》榮獲 2010 年全國優秀古籍圖書一等獎，《六書故》榮獲 2012 年全國優秀古籍圖書二等獎。

提 要

《玉篇直音》，收於樊維城、姚士粦輯編的明代刻本《鹽邑志林》中，全書按部首編排，共有 13992 條有效音注，全書被注字有 13371 個，注字有 3258個，既是注字又作被注字的 1843 個。全書基本採用直音的形式注音，結合紐四聲法即用聲韻同而調不同的字注音，全書用紐四聲法注音的共有 434 例。

本文主要運用反切比較法和統計法，結合音位分析法、文獻參證法和方音參證法對《玉篇直音》所反映的語音系統進行分析。結果是：

《玉篇直音》的聲母共有 27 個，其主要特點有：全濁聲母基本保存，但又有約 10%的字與清聲母互注；非敷合流，奉母字也有一部分與非敷合流；零聲母擴大；疑母在部分洪音中還保存；泥娘合流；知二莊精、知三章分別合併，知三章有一部分字流入精組；非敷奉與曉匣的合口相混；禪日相混；匣喻相混；船禪、從邪不分；有各種聲母類混注。

韻母有 47 個，主要特點是：-m 尾韻與 -n 尾韻合流，臻深攝、山咸攝分別合併，但 -m 尾可能尚有少數殘留；-n、-ŋ 尾韻在界限基本清楚的前提下，有部分臻深攝與通曾梗攝的字相混；入聲 -p、-t、-k 的區別消失，都轉化為 -ʔ；重韻、重紐的區別均已不存在；異攝各韻大量合併，韻部大大簡化，如江宕攝合併，蟹攝的細音與止攝合併，曾梗攝合併；止攝與遇攝相混；果攝與遇攝相混；效攝與流攝互注；三、四等韻合併；一、二等韻的界限已有混淆；部分開口二等喉牙音字已經產生 -i 介音，與三、四等字同音，但這個過程在各韻攝並不同步；很多《切韻》音系的合口字讀作開口，除了吳語能解釋的端、精組外，還有不少牙喉音字；「鳥」有[t][n]兩讀；有各種韻母類混注。

聲調有平、上、去、入四聲，各分陰陽，因此有八個聲調；全濁上聲絕大多數已變爲去聲，還有極少數殘餘；有各種聲調類混注。

這裏面既有與明代官話相吻合之處，又有典型的吳語特點。

綜合考察明代官話、明代吳語及《玉篇直音》注者的情況，我們初步推斷《玉篇直音》反映的是明末吳語區文人講的一種頗受官話影響的讀音，即海鹽官話。

目　次

第十四冊　《音聲紀元》音系研究

作者簡介

李昱穎，東吳大學中文系學士、國立臺灣師範大學國研所碩士、國立中正大學中文所博士。先後師從許錟輝先生、林炯陽先生學習文字學與聲韻學，奠定語言文字學的基礎。碩士班時，師從陳新雄先生，以漢語語言學為研究主題，博士班時，師從竺家寧先生，以佛經語言學、漢語詞彙學主題取得博士學位，近年來的研究領域旁及文化語言學、語言風格學。

曾任世新大學中文系兼任助理教授、國立臺灣海洋大學通識教育中心兼任助理教授，目前任教於明道大學中國文學系。曾發表有：《中古佛經情緒心理動詞之研究》、〈由清儒到現代的研究進程看上古漢語韻部的分配與變遷〉、

〈「喜愛」與「貪著」——論「喜、愛、嗜、好」在中古佛經中的運用〉等多篇論文。

提 要

　　第一章說明本文撰寫的研究動機、範圍及方法。第二章說明成書背景、作者、版本相關問題及重要術語，以便對整部著作有提綱挈領之效。第三章討論此書編排、歸字依據及音論部分，以爲〈後譜表〉在體制及歸字皆以《切韻指南》爲藍本，〈前譜表〉則根據韓道昭的《五音集韻》，最後說明此書音論部分，發現吳氏「沿襲」趙宧光《悉曇經傳》者甚多。第四章釐析書中反映語音層次有二：類似官話者，有影喻疑合流、泥娘混同、知照不分等現象；另有類似吳方言的匣喻合一，疑母部分讀入喻母，泥娘疑混同，知莊、知照分用，非敷不分等現象。第五章釐析出兩個韻母系統：一是屬於保守性系統，包括〈前譜表〉裡臻深、山咸韻尾尚未混同，以及〈後譜表〉裡止攝、蟹攝仍未分化，山攝、遇攝均尚未產生語音演變；第二種是創新系統，即〈前譜表〉已將中古韻部進行反映語音的分化，〈後譜表〉裡，[-m]韻尾已經消失。並於文末說明其聲調系統，仍然保存平上去入四聲，其特色在於平不分陰陽，入聲調類仍然存在，卻轉變爲喉塞音韻尾。第六章討論音系，此書具備的是多核音系，包括存古、映今兩部分。其中存古所反映的是《切韻指南》音系，而映今部分包括有官話、吳方言現象。

目 次

第十五、十六冊　魏建功音學述評

作者簡介

　　錢拓，字展之，民國七十年生，新北市人。輔仁大學中國文學博士，輔仁大學兼任講師、景文科技大學兼任講師。著有《俞樾《群經平議》訓詁術語研究》、〈論東坡詞的入聲用韻現象〉、〈陸志韋《廣韻》五十一聲類說商榷〉、〈俞樾〈管子平議〉假借術語音韻層次析論〉、〈魏建功「詞類軌部」探析〉、〈魏建功「異位同勢相轉軌」探析〉、〈高本漢《詩經注釋》對《經傳釋詞》之異訓分析〉等。

提　要

　　魏建功先生（1901.11-1980.2），字天行，江蘇海安人，是著名的語言文字學者、教育家、書法家、國語文推動者。魏先生不僅繼承與發揚了錢玄同先生融合中西，貫通古今的研究精神，開創了音韻學現代化的道路，亦是漢語語言學的開拓者。

　　魏先生畢生積極從事語文教育和研究，其音學成就具有豐碩的學術價值，於音韻學史上普遍的受到肯定。本文將魏先生的音學研究成果分成四大領域，加以深入探析：第一、「古音學說」。魏先生將新的科學方法以及比較材料應用於古音研究，將古音就陰、陽、入三聲，分為五大類，訂為古韻六十二部，並全面性的構擬輔音韻尾。第二、「音軌說」。在《古音系研究》中魏先生將音韻演變理論分為三部、二十軌、一百零六系變化條例，並逐項陳述，體系完整。據其脈絡加以爬梳，可以考知魏先生之音論觀點，對新學說之啟迪，並可得見其繼往開來之精神。第三、「韻書殘卷論」。魏先生於韻書殘卷之研究，正值新材料不斷問世之際；而先生除參與編纂《十韻彙編》，卓有大功外，更繼王國維之後，撰有頗為豐富之殘卷論述。其中有關切韻系韻書之探討，自成體系。第四、「國語運動」。在國語運動的進程中，魏先生因應時代需求，採用注音符號、方音比較等新方法，就言文一致、語言統一以及語

言規範等語文範疇，分別進行深入探討，提升了國語文研究的層次與意涵。
本文以此四端，作爲基礎，期能對魏先生於音學研究之發明，略盡闡揚之功。

目　次
上　冊

第十七冊　聲符示源與詞族構建研究

作者簡介

　　王勇，男，1986 年秋生於湖北當陽，現爲四川大學文學與新聞學院漢語言文字學博士生。2004 年入三峽大學中文系學習漢語、文學、師範等課程。2008年至東吳勝地，求學於蘇州大學，問學於王衛峰先生，研習上古漢語。2012 年於蘇州執教一年之後負笈西蜀，入四川大學，師從雷漢卿先生研習中古近代漢語。已獨撰、合撰多篇文章。參與了《100 年漢語新詞新語大辭典（民國卷）》

的編纂校訂工作，目前正在撰寫《當代流行語的社會價值研究》《近代漢語方俗詞探源研究》。

提　要

　　「聲符示源」是一個古老而又充滿魅力的話題，早在東漢時期，劉熙的《釋名》已肇其端，「右文說」緊繼其踵，「字母說」更進一步，綿延近兩千年而至今，仍是饒有趣味且極具學術價值的論題。本書認為，「右文說」在融入「因聲求義」的內核之後，突破了傳統的以單一聲符系聯同族詞的局限，可以用來構建詞族。以此為出發點，本書圍繞「聲符」這一核心詞展開了廣泛的討論，得出以下結論：語詞滋生促使形聲字的孳乳，形聲字的聲符具有示源性；語詞滋生的層次性、多向性和聲符假借共同促成聲符義的多元性；聲符義的運動與詞義的引申具有同律性，詞義引申的研究成果可用以指導聲符義引申義列的梳理，聲符義引申義列可以反映語詞滋生的層次；同一聲符的多個聲符義之間存在平行、因果、相反、變易等密切關係；少數聲符義與其他聲符義無聯繫，這多是聲符假借的結果。聲符假借多出現在音同或音近的聲符之間，而音同或音近的聲符亦有同源的可能。因此，我們系聯同源聲符，釐清同源聲符的衍生譜系，這不僅擴大了詞族系聯的範圍，而且有助於我們找到假借聲符的本字。在上述結論的基礎上，本書提出利用同源聲符和聲符義的引申義列系聯同族詞的方法。

目　次

第十八、十九冊　漢語研究論集

作者簡介

　　李申，男，1947 年 7 月生，江蘇徐州人。江蘇師範大學文學院教授。主要從事近代漢語、訓詁學和方言研究。著作有《金瓶梅方言俗語彙釋》、《近代漢語釋詞叢稿》、《江蘇省志·方言志》（副主編）等多種；發表《近代漢語語辭雜釋》、《近代漢語詞語的羨餘現象》、《元曲詞語今證》、《〈漢語大詞典〉近代漢語條目商補》、《古代白話文獻校勘零札》等論文一百餘篇。曾榮獲中國社會科學院青年語言學家獎金二等獎、北京市優秀圖書二等獎、江蘇省哲學社會科學優秀成果一等獎（合作）和三等獎。

提　要

　　《漢語研究論集》選收作者自 1975 年以來發表的語言學、文獻學論文五十餘篇。內容大致包含以下幾方面：1.古今漢語特殊現象研究。如詞彙的羨餘現象、「反詞同指」和「反序重疊」現象研究。2.古白話詞語考釋。多為古典戲曲、小說及筆記中疑難詞語的詮釋考證。例如宋莊綽《雞肋編》卷上有「絞絡」一詞，呂叔湘《筆記文選讀》於該條下注云「未詳」，唐王梵志詩中的「一傷」，專家的說解亦多欠妥當，作者廣搜例證而終得確詁。3.古典文獻研究。涉及的多為近代漢語作品的校勘、注釋問題。4.辭書研究。以《漢語大詞典》詞條訂補和編纂理論探討為主，兼及幾部辭書（如《宋金元明清曲辭通釋》、《明清吳語詞典》等）的評論。5.方言研究。主要是作者調查研究自己母語方言的部分成果。此外，還有書序和討論語文教材及語言規範的文章數篇。這些論文，或對認識漢語的一些特點，或對打通古書研讀中的某些障礙，或對幾部影響較大的辭書的修訂完善都會有所助益。

目　次

上　冊

徐國銅器銘文研究

孫偉龍　著

作者簡介

孫偉龍，男，1979 年生，漢族，籍貫山東。2009 年獲得吉林大學漢語言文字學專業博士學位，師從李守奎教授。現為河北工業大學人文與法律學院講師，河北省語言文字協會理事，中國古文字學會會員，天津國學會會員。在《古文字研究》、《中國文字研究》等刊物發表《楚文字男、耕、靜、爭諸字考辨》、《「幾」、「𢼊」二字異同考辨》、《也說「文字雜糅」現象》、《上博簡標識符號五題》、《〈詩經・豳風・七月〉「肅霜」考辨》等古文字、古文獻專業論文多篇。參與編著《上海博物館藏戰國楚竹書（一～五）文字編》、《字源》等書。主持教育部人文社科一般專案「楚文字羨符研究」、河北省社會科學基金年度專案「楚文字構形研究──出土楚文獻文字構形研究」等課題。

內容提要

本書對二十件徐國具銘銅器作了系統的整理與研究。徐國銅器具有重要的研究價值，但其文化面貌，並不清晰。因為徐國銅器多零散地出土於他國之墓中，迄今尚未發現完整的、確定無疑的徐國墓葬〔註 1〕。故現在可以確認的徐國銅器，都是具銘銅器。把握已知徐器的風格特徵，再運用類型學等方法去鑒別未知的徐器，具有重要意義。

本書「徐國具銘銅器綜論」部分，介紹了徐國的歷史，探討了徐國銅器的甄別標準，並將收錄的徐國具銘銅器分成八個器群。「徐國銅器銘文匯考」部分對每一銅器都說明了其著錄流傳、出土情況、形制花紋等。綜合以上信息，對每件銅器作了斷代。並且深入研究所有徐國具銘銅器的銘文，解讀其文字、文化信息。在進行銘文匯考時，注意對前人成果地吸收，儘量吸納最新的研究成果，以期能有所突破。在匯集各家注釋之後，又以按語的方式間下己意。現在尚不能解決的問題，則闕疑待考，不強為之解。「字形表」部分是徐國銅器銘文的文字編，供讀者檢索比對，方便研究。

〔註 1〕有學者認為江蘇邳州市九女墩大墓群是春秋晚期徐國王族墓群，但此墓葬中出土具銘器物國名多寫作「鄃」，關於其國別仍存爭議。

河北工業大學博士科研啟動項目

目次

徐國具銘銅器綜論

　　隨著出土材料的增多，南系青銅器〔註1〕的研究取得了很大的發展，徐國的青銅器是南系青銅器中較爲重要、非常有特色的一部分。現在人們在探討長江中下游地區青銅文化發展狀況的時候，幾乎言必及徐，但是徐國青銅器的文化面貌究竟如何，始終不是那麼清晰。

　　徐國雖是中華民族的三大來源之一，東夷集團的主要代表〔註2〕，但一直被視爲「夷」，不受重視。一些重要的先秦古籍，如《尚書》、《詩經》、《禮記》、「春秋三傳」、《荀子》、《韓非子》、《竹書紀年》、《山海經》，以及稍晚的《淮南子》、《史記》和《漢書》等書中，雖都記載有徐人的事蹟，但大多語焉不詳，而且相互矛盾之處甚多。雖然如此，憑藉地下出土的商代甲骨卜辭與西周春秋青銅器上的銘文，再參以傳世文獻，我們還是能夠對徐國的歷史有一個大概的瞭解：

　　　　商代晚期，她是帝乙、帝辛時主要的征伐對象和掠奪財富的目
　　標。西周初年，她是魯國的勁敵之一，在周穆王時曾經稱王於淮泗

〔註1〕郭沫若在《兩周金文辭大系考釋序》（見《兩周金文辭大系考釋》，科學出版社，1957年12月）中將中國古代青銅器劃分爲南北兩系，提出「江淮流域諸國南系也，黃河流域北系也」，認爲「徐楚乃南系之中心」。

〔註2〕徐旭生：《中國古史的傳說時代》第二章「我國古代部族三集團考」，認爲中華民族有華夏、苗蠻、東夷三個來源，廣西師範大學出版社，2003年10月。

之上，並率東夷族人向周王室進攻，被穆王合諸侯之兵所敗。春秋時，她成爲齊、楚、吳三大國之間的緩衝國，不時遭到大國的征伐，終於在公元前 512 年，由於收留吳公子掩餘觸怒了吳王闔閭而被滅國，徐君率群臣奔楚。此後徐國便從歷史上消失了。〔註3〕

徐在西周時已爲大國，國勢的強大無疑爲其青銅文化的發展提供了一個前提，而且徐國所處的江淮地區盛產銅錫，故徐國銅器製作曾達到了相當的高度。李學勤對其做了高度評價：「上述各青銅器（龍按：指新出徐國青銅器）大都製作精良，銘文字體秀麗，紋飾細緻精美，爲長江流域的風格，與北方的莊穆雄渾不同。」〔註4〕徐國銅器銘文也得到了較高的評價，楊樹達贊其「文辭至簡，用韻特精」，「此知徐之文治殆欲跨越中原諸國而上之，宜強鄰之楚忌而必滅之以爲快也」〔註5〕；李學勤也指出徐國「有一些長篇銘文，除人名有特殊性外，甚至比中原某些器銘更覺典雅」〔註6〕。

研究徐國銅器不僅是因爲它們製作的精良，銘文的典雅，更是由於它們具有的重要作用。陳公柔指出其重要性在於：

> 可以將江淮下游諸如江黃等許多小國的銅器與長江以南，時代上大致相近的一些銅器在斷代上、花紋形制上諸多方面可以聯繫起來。〔註7〕

李學勤曾多次指出：

> 不能只以研究金文作爲研究青銅器的主體，要從多方面、多方位、多角度去研究，至少應從形制、紋飾、銘文、功能（組合）、工藝五個方面進行。〔註8〕

李學勤此說十分重要，如文中對「湯鼎」、「卯缶」認識的分歧，就是通過

〔註3〕蔣贊初：《古徐國小史序》，見《古徐國小史》，南京大學出版社，1990 年 5 月。

〔註4〕李學勤：《從新出青銅器看長江下游文化的發展》，《文物》，1980 年 8 期。

〔註5〕楊樹達：《積微居金文說》（增訂本）23 頁，中華書局，1997 年 12 月。

〔註6〕李學勤：《東周與秦代文明》155 頁，文物出版社，1984 年 6 月。

〔註7〕陳公柔：《徐國青銅器的花紋、形制及其他》，《吳越地區青銅器研究論文集》273 頁，香港兩木出版社，1997 年出版。

〔註8〕李學勤：《中國古代文明十講》137 頁，復旦大學出版社，2003 年 8 月。

其功能（組合）解決的。但迄今爲止，還未能見到一座完整的，可以指出確爲徐國的墓葬，並且現確知的徐國銅器多爲傳世品，考古發掘的材料有限，所以現在對徐國青銅器的組合形式、形制紋飾等還沒有一個清晰的認識。上文提到的「湯鼎」、「卵缶」問題的解決，都是借助別國同類器的研究才弄明白的。我們現在所知確爲徐國的青銅器，都是有銘文的，因此對徐器的研究也宜先從銘文入手。除了現知有限的十幾件有銘徐器，尚不知還有多少徐國青銅器儘管已經出土，卻因爲沒有明確的標誌，而不能判定爲徐器。因此把握已知徐器的風格特徵，再運用類型學等方法去鑒別未知的徐器，當是一條重要的途徑。

20 世紀 30 年代，郭沫若就開始對徐國銅器銘文做了初步整理，當時收錄七件具銘銅器。後隨著研究的深入和徐國銅器的陸續出土，出現了越來越多的具銘徐器，但由於古文字中徐、舒、余等字的用法錯綜複雜，對徐國與群舒的關係也是眾說紛紜，因此確定徐國銅器銘文的標準並不統一。綜合整理研究徐國具銘銅器的相關論著所收錄的徐器數目也差別很大。其中：

董楚平《吳越徐舒金文集釋》（1992 年）共收具銘徐器 23 器〔註9〕：

余太子鼎、余子汆鼎、徐王糧鼎、宜桐盂、庚兒鼎、沇兒鎛、徐王子旃鐘、徐王禹崩、義楚崩、徐王義楚崩、徐茜尹鉦城、徐王義楚盥盤、徐令尹者旨型爐盤、徐王義楚元子劍，僕兒鐘、徐王之子羽戈、徐瘠尹𩰫鼎、湅鼎、徐王元子爐、徐缶蓋、蓬邡編鐘、甚六鼎、舒城鼓座。

孫偉龍《徐國銅器銘文研究》（2004 年）共收具銘徐器 18 器〔註10〕：

徐王糧鼎、宜桐盂、庚兒鼎、沇兒鎛、徐王子旃鐘、徐王之子𣄂戈、徐王𢉂又崩、義楚崩、徐王義楚崩、徐酓尹鉦、徐王義楚盤、徐令尹者旨𨟻爐盤、徐王義楚元子劍、僕兒鐘、徐瘠尹湯鼎、徐王爐、次□缶蓋，自鐸。

孔令遠《徐國的考古發現與研究》（2005 年），共收具銘徐器 35 器〔註11〕：

余子汆鼎、余太子伯辰鼎、徐王糧鼎、宜桐盂、庚兒鼎、沇兒鎛、徐王子旃鐘、僕兒鐘、叔巢鎛、𠂤月乍鈕鐘、王孫遺者甬鐘、王孫誥甬鐘、蓬邡鈕鐘蓬邡

〔註9〕 董楚平：《吳越徐舒金文集釋》，浙江古籍出版社，1992 年 12 月。

〔註10〕 在筆者 2004 年的碩士學位論文中詳述了十七件具銘徐器，而「自鐸」當時限於時間等因素，放在了文後「補記」中，詳見孫偉龍：《徐國銅器銘文研究》，吉林大學碩士學位論文，2004 年，指導教師：李守奎。

〔註11〕 孔令遠：《徐國的考古發現與研究》，中國文史出版社，2005 年 9 月。

鎛、甚六之妻鼎、次□缶蓋、徐𤔲尹𦉢鼎、徐王元子爐、徐令尹者旨𠛣爐盤、王子嬰次爐、徐王㝬又觶、徐王義楚盥盤、徐王義楚觶，義楚觶、徐王義楚劍、徐王義楚之元子劍、徐王矛、徐王之子羽戈、余王利𢼅劍、余王利邗劍、徐王戈、徐𧻚尹鉦鋮、余冉鉦鋮、配兒鉤鑃、姑馮𠯑同之子鉤鑃、其次鉤鑃。

孔令遠《徐國青銅器群綜合研究》（2011 年）共收具銘徐器 24 器〔註 12〕：

徐王糧鼎、宜桐盂、庚兒鼎、沇兒鎛、徐王子旃鐘、儔兒鐘、叔巢鎛、𠬝月乍鈕鐘、蓬邡鈕鐘蓬邡鎛、甚六之妻鼎、次□缶蓋、徐𤔲尹𦉢鼎、徐王元子爐、徐令尹者旨𠛣爐盤、徐王㝬又觶、徐王義楚盥盤、徐王義楚觶，義楚觶、徐王義楚劍、徐王義楚之元子劍、徐王之子羽戈、自鐸、徐𧻚尹鉦鋮、余冉鉦鋮。

由於各家所收具銘徐國銅器差別甚大，故列表於後，以便於查對〔註 13〕。

董楚平（1992 年）	孫偉龍（2004 年）	孔令遠（2005 年）	孔令遠（2011 年）
徐王糧鼎	徐王糧鼎	徐王糧鼎	徐王糧鼎
宜桐盂	宜桐盂	宜桐盂	宜桐盂
庚兒鼎	庚兒鼎	庚兒鼎	庚兒鼎
沇兒鎛	沇兒鎛	沇兒鎛	沇兒鎛
徐王子旃鐘	徐王子旃鐘	徐王子旃鐘	徐王子旃鐘
徐王禹又耑	徐王㝬又耑	徐王㝬又觶	徐王㝬又觶
義楚耑	義楚耑	義楚觶	義楚觶
徐王義楚耑	徐王義楚耑	徐王義楚觶	徐王義楚觶
徐酉尹鉦鋮	徐醓尹鉦	徐𧻚尹鉦鋮	徐𧻚尹鉦鋮
徐王義楚盥盤	徐王義楚盤	徐王義楚盥盤	徐王義楚盥盤
徐令尹者旨型爐盤	徐令尹者旨𠛣爐盤	徐令尹者旨𠛣爐盤	徐令尹者旨𠛣爐盤
徐王義楚元子劍	徐王義楚元子劍	徐王義楚之元子劍	徐王義楚之元子劍
徐王之子羽戈	徐王之子羽戈	徐王之子羽戈	徐王之子羽戈
儔兒鐘	僕兒鐘	儔兒鐘	儔兒鐘
徐𤔲尹鎛鼎	徐摩尹湯鼎	徐𤔲尹𦉢鼎	徐𤔲尹𦉢鼎
徐王元子爐	徐王爐	徐王元子爐	徐王元子爐
徐缶蓋	次□缶蓋	次□缶蓋	次□缶蓋
	自鐸		自鐸

〔註 12〕 孔令遠：《徐國青銅器群綜合研究》，《考古學報》2011 年第 4 期。

〔註 13〕 其中由於「自鐸」於 2003 年發現，2004 年發表，故董楚平筆者皆失收此器。

余太子鼎		余太子伯辰鼎	
余子汆鼎		余子汆鼎	
䢉邘編鐘		䢉邘鈕鐘䢉邘鎛	䢉邘鈕鐘䢉邘鎛
甚六鼎		甚六之妻鼎	甚六之妻鼎
濬鼎			
舒城鼓座			
		戲巢鎛	戲巢鎛
		徐王義楚劍	徐王義楚劍
		乍鈕鐘	乍鈕鐘
		余冉鉦鋮	余冉鉦鋮
		王孫遺者甬鐘	
		王孫誥甬鐘	
		王子嬰次爐	
		徐王矛	
		余王利玖劍	
		余王利邗劍	
		徐王戈	
		配兒鉤鑃	
		姑馮昏同之子鉤鑃	
		其次鉤鑃	

　　彙集以上各家論及的具銘徐器，共有 38 件，其中相同的有 17 件。「自鐸」晚出，但屬於徐器無疑，故各家無疑議的共 18 件，而有爭議的竟有半數之多。有爭議的 20 件中又有以下幾種情況：

　　舒城九里墩墓出土的青銅鼓座，據其銘文判斷，屬鍾離國，不是徐器。濬鼎銘文僅 2 字「濬鼎」，歸爲徐器，沒有充份的根據。

　　或是基於「余」、「徐」同字的錯誤認識而誤收爲徐國銅器者，如余太子伯辰鼎、余子汆鼎、余王利玖劍、余王利邗劍 4 器，其「余」字舊釋「徐」，現一般認爲是第一人稱代詞「余」。或是並無確切證據，僅憑器物風格、出土地點、個別文字寫法猜測爲徐國銅器者，如配兒鉤鑃、姑馮昏同之子鉤鑃、其次鉤鑃 3 器。此外王孫遺者鐘、王孫誥鐘、王子嬰次爐 3 器應爲楚器，而所謂徐王矛，又稱爲「餘昧矛」，乃是吳器；這在學界逐漸取得了共識，2011 年孔令遠在《徐

國青銅器綜合研究》中，也將上述 11 器剔除〔註14〕。

　　遱邟鈕鐘遱邟鎛、甚六之妻鼎等器的國別問題，爭議很大，主要有徐國說和舒國說，很多學者先後撰文參與討論〔註15〕。本文採納「舒國說」，由於兩派觀點互相辯駁，極其繁多，不一一具引，僅簡單說明理由。二器銘文中的國名用字「⿰」，與徐器國名用字「⿰」不同。主張「徐國說」者，根據「余太子伯辰鼎」以及中山王器中「今余方壯」的余字寫作「舍」，而認定「舍」古通「余」，而「余」又通「徐」。但正如劉興所講，中山王器上的文字是一種藝術體文字，只考慮書寫藝術，而因之在結構上隨意增加，並以「作」加「言」旁等加以佐證。董楚平、劉興等都明確指出該器「今余方壯」四字中不僅「余」下加口形，而且「今」字下也加了口形，但並不能因此將其讀爲「含」。孔令遠還舉出郭店簡老子甲中「孰能濁以靜者，將徐清；孰能安以逆者，將徐生」兩個「徐」字皆寫作「舍」來說明「舍」應該讀爲「徐」。值得注意的是，上引資料多爲戰國文字，戰國文字添加口形、日形羨符常見。而春秋時期作爲國名用字加邑旁是常例。余冉鉦中徐國之「徐」作「⿰」，而第一人稱「余」字作「⿰」，區別甚明。遱邟鈕鐘銘文國名用字寫作「⿰」、而第一人稱代詞「余」寫作「⿰」區別也很分明。認爲金文中「余」、「舍」、「郐」通用，據此認定二器是徐國銅器是不恰當的。

　　曹錦炎等多次提出《春秋・僖公三年》有「徐人取舒」相關記載，可見徐、舒雖關係錯綜複雜，但在傳世文獻中顯然非係一國。而金文中其國名用字寫法又判然有別，因此不應該將其迂曲解讀爲徐國之徐。

　　另外，遱邟鈕鐘遱邟鎛、甚六之妻鼎與次口缶蓋同出一墓。缶蓋上國名

〔註14〕　孔令遠：《徐國青銅器群綜合研究》，《考古學報》2011 年第 4 期。

〔註15〕　周曉陸、張敏：《北山器銘考》，《東南文化》，1988 年 3～4 期；曹錦炎：《北山銅器新考》，《東南文化》，1988 年 6 月；商志䂀、唐鈺明：《江蘇丹徒背山頂春秋墓出土鐘鼎銘文釋證》，《文物》1989 年 4 期；吳聿明：《北山頂四器銘釋考存疑》，《東南文化》，1990 年 Z1 期；董楚平：《吳越徐舒金文集釋》，浙江古籍出版社，1992 年 12 月；劉興：《丹徒北山頂舒器辨疑》，《東南文化》，1993 年 4 期；孔令遠：《徐國的考古發現與研究》，中國文史出版社，2005 年 9 月；孔令遠：《徐國青銅器群綜合研究》，《考古學報》2011 年第 4 期。

「徐」的寫法可辨析爲「郤」，而遅阝釾鈕鐘遅阝釾鎛、甚六之妻鼎上國名寫法卻作「舍」。而且正如董楚平所說，徐缶蓋上國名「郤」及器主之名「次口」皆遭鏟刮，而 12 件遅阝釾鐘、1 件甚六之妻鼎上的國名「舍」無一遭到鏟刮，這也說明「舍」字不是「郤（徐）」字，而應釋讀爲「舒」。

現知徐器之國別字皆作「郤」，以「郤」爲徐器標準應是審愼的，因此本文也將遅阝釾鈕鐘遅阝釾鎛、甚六之妻鼎排除在徐國銅器之外。

𗗰月乍鐘出土於邳州九女墩三號墓，據發掘報告，此組共有九鐘，銘文大體相同，僅行款略有差異，各鐘銘文均有殘泐，合各鐘銘文可得如下「唯正月初吉丁（亥），徐王之孫𗗰月乍，擇其吉金，鑄其和鐘，以享以孝，用蘄眉（壽），子子孫孫，永保用之。」〔註16〕由於該釋文徑用「徐」字，並不知其古文字形。而且九鐘所附拓片僅其中一鐘，又很模糊，除了其中數字能夠辨讀外，大多模糊不清。因此，本文闕疑代考。

虘巢編鎛器主自稱「余攻王之玄孫」，關於其國別，魏宜輝、馮時、孔令遠等撰文論之甚詳〔註17〕，多數學者判定其爲吳器。

余冉鉦城銘文很多可以據之判定其國別的文字殘泐，故對其國屬並無定論。陳夢家《海外中國銅器圖錄》將其斷爲楚器，于鴻志、董楚平等多認爲是吳器〔註18〕。孔令遠認爲：

> 自名鉦鍼，與徐𩰴尹鉦城音同，只是形旁不同。目前發現的這類器中，自名鉦鍼（或鉦城）的就這兩件。銘文字體風格亦與徐𩰴尹鉦城頗類，加上器主自稱「徐羕子孫」，故應爲徐器。由於多數學者將該銘文讀作「余以伐徐羕子孫，余冉鑄此鉦鍼」因而認爲是吳器。

〔註16〕 孔令遠：《徐國的考古發現與研究》，中國文史出版社，2005 年 9 月；同作者《徐國青銅器群綜合研究》，《考古學報》2011 年第 4 期。

〔註17〕 谷建祥、魏宜輝：《邳州九女墩所出編鎛銘文考辨》，《考古 1999 年第 11 期；馮時：《虘巢鐘銘文考釋》，《考古》2000 年第 6 期；孔令遠、李艷華：《也論攄巢編鎛的國別》，《南方文物》2000 年，第 2 期；魏宜輝《再論虘巢編鎛及其相關問題》，《南方文物》，2002 年第 2 期。

〔註18〕 于鴻志：《吳國早期重器冉鉦考》，見《東南文化》，1988 年 02 期；董楚平：《吳越徐舒金文集釋》369 頁，浙江古籍出版社，1992 年 12 月；陳夢家觀點轉引自董楚平《集釋》。

從文意上看，我們認爲該銘文的句法有一定格式，如「余以×台×，余以×台×」，如果斷成「余以伐」，則基本符合這一格式，如若斷成「余以伐徐羨子孫」，則文氣上顯得很不連貫。而且「伐某某子孫」這樣的用語不合金文慣例，而「某某子孫某」則於「某某之子」、「某某之孫」意義相通，合乎金文慣例。「徐羨子孫」意爲「徐羨之子孫」，故這句話應當這樣斷句：「……余以行台師，余以政台徒，余以□台□，余以伐。徐羨子孫余冉鑄此鉦鋮，女勿喪勿敗。」

銘文「余以行台師，余以政台徒，余以□台□，余以伐徐羨子孫，余冉鑄此鉦鋮」，皆以「余」開始，句式非常整齊，孔令遠之斷句，不僅割裂了這種整齊的句式，而且使「伐」缺失了賓語，成了「余以伐」的非常句式。另外，據現有徐器銘文來看將「徐羨子孫」等同於「徐羨之子孫」，也沒有充足的證據。徐器中習慣的自述身世一般採用「徐王／君（某某）之子／孫（某某），如：

（1）徐王季糧之孫宜桐

（2）徐王之子庚兒

（3）徐王庚之淑子沇兒

（4）徐王之元子㹷

（5）徐王之子利

（6）徐顝君之孫，利之元子次□

或是採用「某某，余某某之子／孫／甥」的句式，如：

（1）曾孫僕兒，余达斯于之孫，余聯郘之元子，曰：「於嚱！敬哉！余義楚之良臣，而逐之慈父

（2）之乘辰自，余徐王旨後之孫，足利次留之元子，而乍訊夫呇之貴甥

而從未出現類過似「徐羨子孫余冉」這種「某某子孫余某某」這種形式的句式。

綜合來看，孔說恐難以成立。僅憑現有之材料，尚難以斷定余冉鉦爲徐器，董楚平將其放入「國屬待定之器」，是審慎的。

徐王義楚劍，現藏日本東京出光美術館[註19]，一說藏於日本大阪市立美術館[註20]，屬徐器。董楚平《集釋》及筆者 2004 年碩士學位論文皆失收，本

〔註19〕 孔令遠：《徐國的考古發現與研究》65 頁，中國文史出版社，2005 年 9 月。

〔註20〕 曹錦炎：《鳥蟲書通考》196 頁，上海書畫出版社，1999 年 6 月。

書收錄此器。

徐王戈共兩件，與具銘的蔡、吳等國青銅器同墓出土。合徐王戈兩器所得銘文也僅寥寥數字，而且同一篇銘文中「越王」、「徐王」共見，有很高的史料價值，可惜銘文銹蝕嚴重，不能通讀，其國別也難以斷定。或將其命名爲「越王者旨戈」，陳公柔、孔令遠等人將其歸入徐器〔註21〕。本文姑且將其附於其他徐器之後，存疑待考。

綜上本書所收具銘徐器共二十器〔註22〕：徐王糧鼎、宜桐盂、庚兒鼎、沇兒鎛、徐王子旃鐘、義楚耑、徐王義楚耑、徐王義楚盤、徐王義楚劍、徐王義楚元子劍、僕兒鐘、徐令尹者旨䚄爐盤、徐王禹父耑〔註23〕、徐䣪尹鉦、徐王之子利戈、次□缶蓋、之乘辰自鐘、徐王之元子𣐨爐、徐𢸚尹湯鼎、徐王戈〔註24〕。徐國銅器種類較爲齊全，有鼎、盂、盤、耑、缶、鎛、鐘、鉦、劍、戈、爐盤、爐等，禮器、樂器、兵器、日常用品無不具備。值得注意的是徐器中保留了許多在中原地區業已不流行的商代的器形，如禮器中的耑，樂器中的鉦鋮，可見徐國深受商文化之影響，郭沫若就說徐國是「商文化之嫡系」〔註25〕。

徐國銅器雖種類齊全，但數量較少，而且多爲傳世品。在1961年山西侯馬庚兒鼎出土之前，見於著錄的徐器有徐王糧鼎、宜桐盂、沇兒鎛、徐王子旃鐘、徐王禹父耑、義楚耑、徐䣪尹鉦、徐王義楚耑、徐王義楚劍、僕兒鐘、徐王之子利戈等十一器，佔了現知徐器的一大半。此十一器中，沇兒鎛據方濬益《綴遺齋彝器款識考釋》「器出荊州」；徐王禹父耑、義楚耑、徐王義楚

〔註21〕 張光裕：《新見吳王夫差劍介紹及越王者旨戈、矛、劍淺說》，《吳越地區青銅器研究論文集》227頁，香港兩木出版社，1997年；陳公柔：《徐國青銅器的花紋、形制及其他》，《吳越地區青銅器研究論文集》265頁，香港兩木出版社，1997年；孔令遠：《徐國的考古發現與研究》68頁，中國文史出版社，2005年9月。

〔註22〕 據李伯謙介紹，在江蘇省新沂發現了有銘徐器，但尚未刊出。詳見張鐘云：《淮河中下游春秋諸國青銅器研究》注21，《考古學研究》，科學出版社，2000年10月。

〔註23〕 本器又名「徐王[illegible]又耑」、「徐王宂又觶」，本文稱之爲「徐王禹父耑」，詳見後文。

〔註24〕 徐王戈不能確定爲徐國銅器，本文將其放入存疑器群。

〔註25〕 郭沫若：《兩周金文辭大系考釋序》，科學出版社，1957年12月。

耑、徐醓尹鉦四器據《寒松閣題跋》於 1888 年出土於江西高安；他器皆不明出土於何時何地。而宜桐盂現在僅有拓片存世，形制不明。科學發掘的徐器出土地點非常零散，皆非在其本土。山西、江西、湖北、浙江、江蘇、安徽等省都有徐器出土：1963 年安徽淮南出土徐王戈〔註26〕，山西侯馬出土庚兒鼎〔註27〕；1973 年湖北省襄陽縣出土徐王義楚元子劍〔註28〕；1979 年江西靖安出土徐王義楚盤、徐令尹者旨䣹爐盤〔註29〕；1982 年浙江紹興出土徐𢾁尹湯鼎、徐王爐〔註30〕；1984 年江蘇丹徒北山頂出土次□缶蓋〔註31〕，2003 年浙江紹興出土之乘辰自鐘〔註32〕。

李學勤、李家和、趙世綱、李世源、孔令遠等人都給徐國銅器作了分期，並各自列出了徐王的世系〔註33〕。現知有限的十幾件徐國銅器的時代多集中在春秋中晚期。陳公柔認為「除徐王糧鼎等稍早以外，其餘各器的年代大都相當於魯國襄公、昭公之世，即春秋晚期，至魯昭公三一年……這一段時間不過五十年左右。在這段時間裏，根據現在所能掌握的材料，還不足以按王世或世次

〔註26〕 安徽省文化局文物工作隊（由馬道闊執筆）：《安徽淮南市蔡家崗趙家孤堆戰國墓》，《考古》，1963 年 4 期。

〔註27〕 山西省文物管理委員會侯馬工作站：《山西侯馬上馬村東周墓葬》，《考古》，1963 年 5 期。

〔註28〕 湖北省博物館：《襄陽蔡坡戰國墓發掘報告》，《江漢考古》，1985 年 1 期。

〔註29〕 江西省歷史博物館、靖安縣文化館：《江西靖安出土春秋徐國銅器》，《文物》，1980 年 8 期。

〔註30〕 浙江省文物管理委員會等：《紹興 306 號戰國墓發掘簡報》，《文物》，1984 年 1 期。

〔註31〕 江蘇省丹徒考古隊：《江蘇丹徒北山頂春秋墓發掘報告》，《東南文化》，1988 年 3～4 合期。

〔註32〕 蔣明明：《浙江紹興市發現一件春秋銘文銅甬鐘》，見《考古》2006 年第 7 期；曹錦炎：《自鐸銘文考釋》，《文物》2004 年 2 期，收入作者《吳越歷史與考古論叢》179～189 頁，文物出版社，2007 年 11 月。

〔註33〕 李學勤：《從新出青銅器看長江下游文化的發展》，《文物》，1980 年 8 期；李家和、劉詩中：《春秋徐器分期和徐人活動地域初探》，《江西歷史文物》，1983 年 1 期；趙世綱：《徐王子旆鐘與徐君世系》，《華夏考古》，1987 年 1 期；李世源：《古徐國小史》，南京大學出版社，1990 年 5 月；孔令遠：《徐國的考古發現與研究》，中國文史出版社，2005 年 9 月。

來仔細劃分，還不能構成一個在年代上的序列」，因此陳公柔把徐器分爲徐王糧器群、庚兒器群、徐王義楚器群、湯鼎器群。〔註34〕這種把徐國銅器分成不同器群的做法，比較契合徐國銅器的研究現狀，還是很可取的。

關於徐器具體的分群問題，還可以再作思考。

文獻中徐國國君或被稱爲「子」，或爲「王」，或爲「君」，有名可查的僅有五個：

1、徐子誕

> 六年春，徐子誕來朝，錫命爲伯。〔註35〕

2、徐駒王

> 邾婁考公之喪，徐君使容居來弔含。曰：「寡君使容居坐含，進侯玉，其使容居以含。」有司曰：「諸侯之來辱敝邑者，易則易，于則于。易于雜者，未之有也。」容居對曰：「容居聞之：『事君不敢忘其君，亦不敢遺其祖。』昔我先君駒王，西討濟於河，無所不用斯言也。容居，魯人也，不敢忘其祖。〔註36〕

3、徐偃王

徐偃王其人其事見於《荀子》、《韓非子》、《淮南子》、《史記》、《後漢書》等典籍，不一一具引。學界對徐偃王所處的時代爭議較大，傳統多據《史記》定其爲西周穆王時人，徐旭生認爲徐偃王應爲春秋前期與楚成、穆、莊三王同時。還有人認爲徐偃王不是某一個徐王的名號，而是徐國歷代若干國君的統稱，指徐國偃姓之王。〔註37〕

〔註34〕 陳公柔：《徐國青銅器的花紋、形制及其他》，《吳越地區青銅器研究論文集》，香港兩木出版社，1997 年。

〔註35〕 徐文靖：《竹書紀年統箋・卷八》，《二十二子》1078 頁，上海古籍出版社，1986 年 3 月。

〔註36〕 陳澔：《禮記集說》61 頁，上海古籍出版社，1987 年月。

〔註37〕 徐旭生：《中國古史的傳說時代》218 頁，廣西師範大學出版社，2003 年 10 月；殷滌非：《舒城九里墩的青銅鼓座》，《古文字學論集》初編，香港國際中國古文字研討會，1983 年；李瑾：《徐楚關係與徐王義楚元子劍》，《江漢考古》，1986 年 3 期。亦爲一家之言。

4、儀　楚

義楚，文獻中稱「儀楚」，而於徐國銅器銘文中皆寫作「義楚」，後文除引文外皆稱「義楚」。文獻中未見義楚稱王，其事見《左傳‧昭公六年》：

> 徐儀楚聘于楚。楚子執之，逃歸。懼其叛也，使薳洩伐徐。吳人救之。

杜預注：「儀楚爲徐大夫。」「義楚」是徐國銅器銘文中唯一一個於文獻可查而無異議的人名，其所處年代也較爲明確，爲春秋晚期，約昭公時期。

5、章　羽

「章羽」見於《左傳》、《公羊傳》、《漢書》等書，寫作「章禹」，唯《春秋》經寫作「章羽」。《左傳‧昭公三十年》記載：

> 吳子怒。冬十二月，吳子執鍾吾子。遂伐徐，防山以水之。己卯，滅徐。徐子章禹斷其髮，攜其夫人，以逆吳子。吳子唁而送之，使其邇臣從之，遂奔楚。楚沈尹戌帥師救徐，弗及。遂城夷，使徐子處之。[註38]

文獻中還可以見到其他徐國國君，然無名字可查。

徐國銅器銘文中徐國國君或稱「王」，或稱「君」，有名可查的有八個：徐顯君、瘫君[註39]、徐王糧、徐王庚、徐王子旃、徐王禹父[註40]、徐王義楚、徐王旨後。在這八個見於器銘的徐王中，有五個都是器主，唯徐顯君、瘫君、徐王旨後不是。徐顯君、瘫君、徐王旨後是在徐令尹者旨醤、次□「自報家門」時提到的，當爲較有聲望，較早的徐王。八個徐王中，只有「義楚」、「禹父」見於文獻記載，其他六個徐王都還有待考證[註41]。

本文據文獻與銅器銘文中所反映出來的徐國世系情況、結合有銘徐器銅器的出土及其器主、時代等因素，將徐國銅器分爲八個器群，下面將本文分群原因及每群銅器的大概情況簡介如下：

〔註38〕　楊伯峻：《春秋左傳注》，中華書局，1981年。

〔註39〕　王亦可稱君，詳見徐令尹者旨醤爐盤。

〔註40〕　在銘文中寫作「禾又」，或即徐王章禹，詳見後文

〔註41〕　或云徐顯君、瘫君即文獻中的駒王、偃王，但沒有十足的證據。

一、徐王糧器群（含 2 器）

（一）徐王糧鼎

傳世品，器主爲「徐王糧」。

（二）宜桐盂

本器僅留有拓本傳世，器主自稱爲「徐王糧之孫」。

時代可能更早的徐䫉君、痽君、徐王旨後並未作爲器主出現過，而徐王糧鼎，郭沫若《兩周金文辭大系考釋》將其定爲春秋中葉器〔註 42〕，是現知徐器中時代較早者。所以將徐王糧鼎器群作爲第一組徐國銅器群。

宜桐盂器主「宜桐」自稱爲「季糧之孫」，故可將其歸入徐王糧器群，列於徐王糧鼎之後。

二、徐王庚器群（含 2 器）

（三）庚兒鼎

出土於山西侯馬，器主爲「徐王之子庚兒」。

（四）沇兒鎛

「器出荊州」，器主爲「徐王庚之子沇兒」。

庚兒鼎稍晚於徐王糧鼎，上有分解了的蟠螭紋，應爲春秋中期器，故將其列爲徐國銅器第二組。

庚兒鼎器主自稱爲「徐王之子庚兒」，顯見鑄造此鼎時庚兒尚未稱王。而沇兒鎛器主自稱爲「徐王庚之子」，可歸入徐王庚器群。鑄造沇兒鎛時，庚兒已稱王，可見沇兒鎛時代晚於庚兒鼎，應爲春秋晚期器。

三、徐王子旃器群（含 1 器）

（五）徐王子旃鐘

據載，此鐘乃「孔荃溪在長安所得」，器主爲徐王子旃。

徐王子旃鐘的時代不甚清晰，李學勤謂其爲春秋晚期，未說明原因〔註 43〕，

〔註 42〕 郭沫若：《兩周金文辭大系考釋》159 頁，科學出版社，1957 年 12 月。

〔註 43〕 李學勤：《從新出青銅器看長江下游文化的發展》，《文物》，1980 年 8 期。

趙世綱將「子旆」誤同於「宜桐」，並據此認爲此器時代在徐王庚之前〔註44〕，並不可信。魯昭公六年至三十年之間，已有義楚、章羽兩王，徐王義楚之後爲徐王章羽，章羽亡國，故他王應在義楚之上，再結合徐王子旆鐘字體，形制等情況來看，徐王子旆應早於徐王義楚。故將其放在徐王糧器群與徐王義楚器群之間。

四、徐王義楚器群（含 7 器）

（六）義楚耑

器出江西高安，器主爲「義楚」。

（七）徐王義楚耑

器出江西高安，器主爲「徐王義楚」。

（八）徐王義楚盤

器出江西靖安，器主爲「徐王義楚」。

（九）徐王義楚劍

出土時間地點不詳，器主爲「徐王義楚」。

（十）徐王義楚元子劍

出土於湖北襄陽，器主爲「徐王義楚之元子□」〔註45〕。

（十一）僕兒鐘

傳世品，器主自稱爲「義楚之良臣」。

（十二）徐令尹者旨瘠爐盤

出土於江西靖安，器主自稱「雁君之孫，徐令尹者旨瘠」。

本群所列銅器，或器主爲「義楚」，或器主與義楚有關，或是出土地點與「徐王義楚器群」有關。

義楚耑與徐王義楚耑、徐王禹父耑出土地點相同。鑄造義楚耑時，義楚尚未稱王，所以義楚耑的鑄造應稍早於徐王義楚耑、徐王義楚盤、徐王義楚劍。

〔註44〕 趙世綱：《徐王子旆鐘與徐君世系》，《華夏考古》，1987 年 1 期。

〔註45〕 器主名殘泐，詳見後文。

徐王義楚元子劍器主爲義楚之子，僕兒鐘之僕兒自稱爲義楚之臣；徐令尹者旨智爐盤與徐王義楚盤同出，且都是春秋晚期器，皆可歸入徐王義楚器群。文獻有「義楚」的相關記載，《左傳‧昭公六年》：「徐儀楚聘于楚。楚子執之，逃歸。」「義楚」爲王事不見於文獻，由徐王義楚耑、徐王義楚盤二器之銘文可知他曾爲徐王，可補文獻之闕。由上文所引《左傳》文字可知，昭公六年，「義楚」仍未即位爲王。又據《左傳‧昭公三十年》「冬十有二月，吳滅徐，徐子章禹奔楚」，可知義楚爲王在魯昭公六年之後，魯昭公三十年之前，即在公元前 536 年到公元前 512 年之間。故徐王義楚耑、徐王義楚盤、徐王義楚劍的時代也就相對固定，應在此期間，可爲徐器的標準器。

五、徐王章禹器群（含 2 器）

（十三）徐王禹父耑

器出江西高安，器主爲「徐王禹父」。

（十四）徐醓尹鉦

傳世品，器主爲「徐醓尹者故〔字〕」。

徐王禹父耑，原名「徐王〔字〕又耑」，與義楚耑、徐王義楚耑同出，疑其爲最後一代徐王章禹（詳見後文）。

徐醓尹鉦郭沫若懷疑其與徐王禹父耑、義楚耑、徐王義楚耑同出〔註46〕。而且徐醓尹鉦自稱征鍼，陳公柔云：「銘文中凡自稱『自作征成』者，一般皆爲戰國之器，此爲徐器，不能晚至戰國，則應爲『征成』中較早的器」〔註47〕。故暫且將其附列於最後一任徐王章禹器群中。

六、徐王之子利器群（含 3 器）

（十五）徐王之子利戈

傳世品，器主爲「徐王之子利」。

〔註46〕 郭沫若：《兩周金文辭大系考釋》164 頁，科學出版社，1957 年 12 月。

〔註47〕 陳公柔：《徐國青銅器的花紋、形制及其他》，《吳越地區青銅器研究論文集》269 頁，香港兩木出版社，1997 年。

（十六）次□缶蓋

出土於江蘇丹徒，器主自稱爲「徐顥君之孫，利之元子次□」。

（十七）之乘辰自鐘

出土於浙江省紹興市，器主自稱爲「之乘辰自」。

「徐王之子利戈」，原名「徐王之子羽戈」，器主之名爲「𦏵」字，或釋爲「羽」，疑其人爲徐王章羽〔註48〕，不確。「𦏵」字實爲「𦏵（利）」字反書，詳見後文。次□缶蓋銘文中器主自稱爲「徐顥君之孫，利之元子次□」，那利應是「徐顥君」之子，「次□」之父。

「之乘辰自鐘」又名「自鐸」、「自鐘」「之乘辰鐘」，本文稱之爲「之乘辰自鐘」，詳見後文。「之乘辰自鐘」器主自稱爲「徐王旨後之孫，足利次留之元子，而乍訊夫�台之貴甥」，可見「足利次留」，與自稱爲「徐王之子」的利可能爲同一人。所以將「之乘辰自鐘」暫且附列於「徐王之子利器群」。

七、徐王之子扟器群（含 2 器）

（十八）徐王之元子扟爐

出土於浙江省紹興市，器主爲「徐王之元子扟」。

（十九）徐麼尹湯鼎

出土於浙江省紹興市，器主爲「徐麼尹𩰫」。

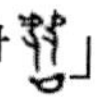

「徐王之元子扟爐」原名爲「徐王爐」，據其銘文，當命名爲「徐王之元子扟爐」，詳見後文。「徐麼尹湯鼎」與「徐王之元子扟爐」同出，同墓共出土三件具銘銅器，此外還有一罍，據說有銘文約十一、二字，因殘損過甚，未能釋讀。鼎、爐據銘文皆爲徐器〔註49〕，但此墓一般認爲是越墓〔註50〕，可能是因爲吳滅徐後，徐國的一支殘兵退逃到越國的紹興〔註51〕，死後安葬在這裡。

〔註48〕 董楚平：《吳越徐舒金文集釋》302 頁，浙江古籍出版社，1992 年 12 月。

〔註49〕 浙江省文物管理委員會等：《紹興 306 號戰國墓發掘簡報》，《文物》，1984 年 1 期。

〔註50〕 浙江省文物管理委員會等：《紹興 306 號戰國墓發掘簡報》，《文物》，1984 年 1
期；牟永抗：《紹興 306 號越墓芻議》，《文物》，1984 年 1 期；鍾遐：《紹興 306
號墓小考》，《文物》，1984 年 1 期。

〔註51〕 董楚平：《塗山氏後裔考》，《中國史研究》，1994 年 1 期，28 頁。

八、存疑器群

（二十）徐王戈

出土於安徽省淮南市，器主不詳。

徐王戈與具銘的蔡、吳等國青銅器同墓出土。同一篇銘文中「越王」、「徐王」共見，有很高的史料價值。可惜銘文銹蝕嚴重，不能通讀，其國別也難以斷定，或將其命名爲「越王者旨戈」，陳公柔、孔令遠等人將其歸入徐器〔註52〕。姑附於此，存疑待考。

最早將徐器彙集在一起進行整理研究的是郭沫若的《兩周金文辭大系》。《大系》共收了徐王糧鼎、宜桐盂、沇兒鎛、徐王義楚耑、徐王禹父耑、義楚耑〔註53〕、僕兒鐘、徐醓尹鉦等數器。《大系》還誤收了王孫遺鬵鐘，認爲其「銘辭字體與沇兒鐘如出一人手筆」〔註54〕，現知王孫遺鬵鐘確爲楚器無疑〔註55〕。但由此亦可見徐器風格、字體與楚器很相近。二十世紀六十年代以來，幾批徐國青銅器陸續出土以後，大批學者對徐器作了進一步的研究，獲得了可喜的成果。但對徐國銅器銘文作綜合整理的只有 1992 年董楚平的《吳越徐舒金文集釋》一書〔註56〕，現在有必要對徐國銅器作進一步的整理研究。

基於上述情況，作者不揣淺陋，對徐器銘文做了整理。在寫作過程中力爭

〔註52〕 張光裕：《新見吳王夫差劍介紹及越王者旨戈、矛、劍淺說》，《吳越地區青銅器研究論文集》227 頁，香港兩木出版社，1997 年；陳公柔：《徐國青銅器的花紋、形制及其他》，《吳越地區青銅器研究論文集》265 頁，香港兩木出版社，1997年；孔令遠：《徐國的考古發現與研究》68 頁，中國文史出版社，2005 年 9 月。

〔註53〕 《大系》將徐王又耑、義楚耑二器附於《徐王義楚耑》一文中。

〔註54〕 郭沫若：《兩周金文辭大系考釋》161 頁，科學出版社，1957 年 12 月。

〔註55〕 劉翔：《王孫遺者鐘新釋》，《江漢論壇》，1983 年 8 期；孫啓康：《楚器王孫遺者鐘考辨》，《江漢考古》，1984 年 4 期；劉彬徽：《楚國有銘銅器編年概述》，《古文字研究》第九輯，中華書局，1984 年。李瑾：《徐楚關係與徐王義楚元子劍》，《江漢考古》，1986 年 3 期。

〔註56〕 本文原是作者在 2004 年 5 月提交吉林大學的碩士論文。本文之後又有一些研究徐國歷史與考古的圖書出版，如孔令遠：《徐國的考古發現與研究》，中國文史出版社，2005 年 9 月。

做到盡可能詳盡地收集材料，對前人觀點擇善而從，對於確不能知者，持闕疑態度。古文字研究是一個厚積薄發的過程，儘管李守奎師給了很大的幫助，但由於筆者學力有限，文中肯定存在很多錯誤，資料也一定會有不少遺漏，敬請各位師友指正。爲行文方便，文中只對導師李守奎先生稱師，對李師的老師林澐先生、吳振武先生稱先生，對其他諸位皆省去「先生」之稱，且對諸位先生著述的引用或有不當之處，懇請各位先生一併原諒。

徐國銅器銘文匯考

一、徐王糧器群

（一）徐王糧鼎

劉體智舊藏。著錄於《韡華》壬五、《貞松》三・二一、《文錄》一・三八、《小校》九・一八、《雙劍誃》上・二・十七、《善齋》二・七四、《三代》四・九・一、《通考》考三一〇圖八八、《積微居》一二六～一二七、《通釋》四・五六八、《銘文選》五六五、《集釋》三・三、《集成》二六七五等。

此器爲傳世品，通耳高約 20.5 釐米，淺腹，中腹飾蟠螭紋一道，範紋極淺，器表粗糙，三個蹄形足（圖一）。應爲春秋中期器。郭沫若：「此鼎文字在徐器中較有古意，蓋在春秋中葉」〔註1〕；李學勤：「《通考》88 徐王糧鼎，淺腹聚足，是春秋中期偏早器物，相當春秋僖、文時期」〔註2〕。在口內側有銘文四行二十七字，重文三（圖二）：

郤（徐）王糧（糧）用其良金，鑄其鏻鼎；用鬻（羹）魚昔（腊），用雖（饗）賓客。子=孫=，世=是若。

〔註1〕 郭沫若：《兩周金文辭大系考釋》159 頁，科學出版社，1957 年 12 月。

〔註2〕 李學勤：《從新出青銅器看長江下游文化的發展》，《文物》，1980 年 8 期。

郐王糧（糧）用其良金

《說文》：「郐，邾下邑地，从邑，余聲。魯東有郐城，讀若塗。」郐，在金文中皆爲徐國之徐，現確知的徐國銅器時代皆在春秋時期，其銘文中的國名，無一例外地寫作「郐」，這是判斷徐器的重要標準。這種在用作地名、姓氏的文字上加注邑旁，造成專用字的現象，在春秋、戰國時期是很常見的。裘錫圭在《戰國璽印文字考釋三篇》中列舉了大量的例子，如：呂作郘，左作郌，魯作鄪，齊作齌，曹作鄪，梁作鄈等〔註3〕，其他如曾作鄫、六作邔、干作邗等皆爲此類。其實，在文獻中「徐國」之「徐」也有寫作「郐」的。《周禮·司寇·雍氏》注：「伯禽以出師征徐戎。」《釋文》：「劉本作郐。」董楚平《集釋》云：「清人吳大澂著《愙齋集古錄釋文賸稿》，釋《沇兒鎛》曰：『郐，古徐字』。（卷上，玖下）定該鎛爲徐器，世皆從之。此後，金文郐字皆釋爲徐國之徐，成爲識別徐器的主要依據。」〔註4〕

糧字，舊多隸定爲「糧」。董楚平引吳闓生《文錄》之說：認爲「糧，从井，取型範義，即度量字」〔註5〕；《銘文選》隸此字爲「糧」，並指出「糧」爲「糧」字異構〔註6〕；裘錫圭同意《銘文選》的看法，認爲宜桐盂「糧」字下部爲「東」與「米」的復合，本銘此字左旁爲「井」，右旁爲「糧」，「糧」的寫法與宜桐盂的「糧」字基本相同〔註7〕。按，關於右部所從「糧」字，《銘文選》與裘錫圭之說甚確。舊皆云此字左從「井」，不好解釋，吳闓生、董楚平之說並不能使人信服。蔣玉斌認爲此字「井」、「糧」之間，似還應有一「刃」旁〔註8〕。據放大拓片，中間確有一「刃」旁，故此字實爲從「刱」。《說文》：「刱，造法刱業也，从井、刃聲。」「刃」爲陽部初母，「糧」爲陽部來母，音極爲相近。「梁」字與「糧」同爲陽部來母，也從「刃」聲，可爲其證。故此字從刱、從糧，應爲雙聲字。這種在已是形聲結構的字上再加注音符的字，被稱爲「注音形聲字」。吳

〔註3〕 裘錫圭：《戰國璽印文字考釋三篇》，《古文字論集》469 頁，中華書局，1992 年8 月。

〔註4〕 董楚平：《吳越徐舒金文集釋》255 頁，浙江古籍出版社，1992 年12 月。

〔註5〕 董楚平：《吳越徐舒金文集釋》255 頁，浙江古籍出版社，1992 年12 月。

〔註6〕 馬承源：《商周青銅器銘文選（四）》380 頁，文物出版社，1990 年4 月。

〔註7〕 裘錫圭：《西周糧田考》，《胡厚宣紀念文集》，科學出版社，1998 年11 月。

〔註8〕 蒙蔣玉斌先生面告。

振武先生《古文字中的「注音形聲字」》一文輯錄了很多此類字〔註9〕。此字在銘文中用爲人名，其人在文獻中不可查考。郭沫若認爲「糧殆糧之異文」，與宜桐盂中的「徐王季糧」爲一人〔註10〕，可從。從宜桐盂銘文「徐王季糧」可知，徐王糧應排行最小。

鑄其餯鼎

鼎上一字，歷來眾說紛紜，或釋「鼐」〔註11〕，或釋「餯」〔註12〕，或釋「飤」〔註13〕，《大系》缺釋。此字殘泐過甚，漫漶不清，難以辨讀，姑從釋「餯」說。

用鬻（羹）𩱠（魚）腊

「𩱠」字，吳闓生、于省吾先生釋爲「鬻」〔註14〕，楊樹達《郊王糧鼎跋》、《郊王糧鼎再跋》〔註15〕，董楚平《集釋》〔註16〕皆釋爲「鬻」，謂即「羹」字。郭沫若隸此字爲「鬻」，認爲「鬻當是脈之古文，《廣韻》脈作𦠢，又引籀文作𦜕，从𠕎而聲，此从古文𠕎采聲，采聲與而聲同在之部〔註17〕。」張頷、張萬鍾將其釋「煮」〔註18〕，唐鈺明結合新出的甚六之妻鼎銘文，贊同此說。〔註19〕陳漢平將其釋爲「茱」，認爲此字爲「『飯茱』之『茱』本字，字在金文用爲動詞」。

〔註9〕 吳振武：《古文字中的「注音形聲字」》，《第三屆國際漢學會議論文集》，2002年。

〔註10〕 郭沫若：《兩周金文辭大系考釋》159頁、160頁，科學出版社，1957年12月。

〔註11〕 劉體智：《小校經閣金文拓本》，1935年。

〔註12〕 容庚、張維持：《殷周青銅器通論》，文物出版社，1984年10月。

〔註13〕 董楚平：《吳越徐舒金文集釋》255頁，浙江古籍出版社，1992年12月。

〔註14〕 此說見吳闓生：《文錄》；于省吾：《雙劍誃吉金文選》。

〔註15〕 楊樹達：《徐王糧鼎跋》、《徐王糧鼎再跋》，《積微居金文說》，中華書局，1997年12月。

〔註16〕 董楚平：《吳越徐舒金文集釋》256頁，浙江古籍出版社，1992年12月。

〔註17〕 郭沫若：《兩周金文辭大系考釋》159頁，科學出版社，1957年12月。

〔註18〕 張頷、張萬鍾：《庚兒鼎解》，《考古》1963年第5期，後收入《張頷學術文集》8頁，中華書局，1995年3月。

〔註19〕 唐鈺明：《銅器銘文釋讀二題》，《第二屆國際中國古文字學研討會論文集》，香港中文大學，1993年；又見《著名中年語言學家自選集·唐鈺明卷》99頁，安徽教育出版社，2002年4月。

〔註20〕張新俊據上博簡（三）《周易》第 21 號簡之「茱」與「喜」通，認爲「」字既從「采」得聲，則可讀爲「饎」，訓爲「炊」、「熟」。〔註21〕禤健聰則釋爲《說文・艸部》的「菶」字，意爲烹茱爲羹。〔註22〕陳劍贊同楊樹達釋爲「羹」之說，並結合新出古文字材料，從文意與押韻的角度進行新的論說，認爲該字在簡文和銘文中或用爲名詞，或用爲動詞，意爲「作羹」。字形中的「采」以字義表意，實代表「茱」，全字從「茱羹」或「以茱配羹」的角度，以鼎鬲中烹煮「茱」會意〔註23〕。後郭永秉又引用相關古文字資料，鞏固了釋「羹」說〔註24〕。釋「羹」說可從。

（魚）字，于省吾先生釋爲庶〔註25〕，雖沒有字形方面的分析，然吳闓生、劉體智、楊樹達、白川靜、李世源、陳邦懷等皆從其釋〔註26〕。董楚平也將其釋爲「庶」，但讀作「諸」〔註27〕。除此之外，還有「炙」〔註28〕「番（蹯）」〔註29〕「暨」〔註30〕等說法。以上說法皆與字形不合，後吳振武先生注意到此

〔註20〕陳漢平：《金文編訂補》194 頁，中國社會科學出版社 1993 年 9 月。

〔註21〕張新俊《說饎》，簡帛研究網，2004 年 4 月 29 日；參看同作者《上博楚簡文字研究》131 頁，吉林大學博士學位論文（指導教師：吳振武），2005 年 4 月。張新俊：《說饎》。

簡帛研究網站，網址爲：http://www.jianbo.org/admin3/html/zhangxinjun03.htm。

〔註22〕禤健聰：《上博楚簡釋字三則》，簡帛研究網，2005 年 4 月 15 日。

〔註23〕陳劍：《釋上博竹書和春秋金文的「羹」字異體》，2007 中國簡帛學國際論壇論文，2007 年 11 月。

〔註24〕郭永秉：《上博藏西周寓鼎銘文新釋——兼爲春秋金文、戰國楚簡中的「羹」字祛疑》，《古文字與古文獻論集》，上海古籍出版社，2011 年 6 月。

〔註25〕于省吾：《雙劍誃吉金文選》，大業印刷局石印線裝本，1933 年。

〔註26〕吳闓生：《吉金文錄》，南宮邢氏木刻線裝本，1934 年；劉體智：《小校經閣金文拓本》，盧江劉氏石印線裝本，1935 年；楊樹達：《積微居金文說》（增訂本）145、146 頁，科學出版社，1959 年；白川靜：《金文通釋》卷四，569 頁，白鶴美術館，1973；李世源：《古徐國小史》88 頁，南京大學出版社，1990 年；陳邦懷：《嗣樸齋金文跋》25 頁，香港中文大學中國文化研究所吳多泰中國語文研究中心，1993 年。

〔註27〕董楚平：《吳越徐舒金文集釋》255 頁，浙江古籍出版社，1992 年 12 月。

〔註28〕陳漢平：《金文編訂補》194 頁，中國社會科學出版社，1993 年。

〔註29〕郭沫若：《金文叢考》224 頁，人民出版社，1954 年。

篇銘文之中，字多反書，並且傳世文獻中常見「魚」「腊」連舉之例，遂將 𩵋 釋爲「魚」字〔註31〕。或堅持將此字釋爲庶字，沒有道理〔註32〕。釋「魚」，甚確，可從。

𦟖 字，董楚平謂此字从肉，合於「昔」字《說文》籀文「𦟧」。《說文》：「昔，乾肉也。」「昔」之本義應爲「往昔」，「𦟧」字，實即「腊」字，本是「乾肉」的意思。「昔」字原被借用，表示「乾肉」，後才增「肉」旁，造「腊」加以區別。《說文》不明這一發展過程，才誤將「乾肉」作了「昔」的本義。「昔」、「腊」兩字，文獻中常可互換。〔註33〕

用雝（饗）賓客

雝，郭沫若釋「雝（饗）」〔註34〕，容庚釋「雝（樂）」〔註35〕。對此分歧，董楚平作了很好的解釋，他說因爲「鼎是飪器，不是樂器」，容釋「雝（樂）」雖「文義可通，但釋饗更佳」〔註36〕。雝是「雝」字的小篆變體，借作饗，在此用作動詞，意爲燕饗，以美食待客。

世₌是若

「是若」，吉語。「若」字殘，很不清晰，郭沫若認爲「依韻及古人恒語推之」當是「若」字。按，郭說甚確，本銘韻押腊、客、若，三字魚部入聲，其音相叶。「是若」一詞傳世文獻及銅器銘文中常見，郭沫若所引《詩‧小雅‧大田》「曾孫是若」，《詩‧大雅‧烝民》「天子是若」，《魯頌‧閟宮》「魯侯是若」、「萬民是若」，籥太史申鼎「子孫是若」，均其例證。是，在此用爲代詞，表示複指，並把賓語提在謂詞之前（參《詞詮》225頁）。古文字「若」作以手梳頭理髮使之柔順之形，故有「順」意。《爾雅‧釋言》：「若，順也。」郝懿行義疏：

〔註30〕 張亞初：《殷周金文集成引得》44頁，中華書局，2001年。

〔註31〕 吳振武：《說徐王糧鼎銘文中的「魚」字》，見《古文字研究》（第二十六輯）224頁，中華書局，2006年。

〔註32〕 孔令遠：《徐國青銅器群綜合研究》，見《考古學報》2011年第4期。

〔註33〕 高亨：《古字通假會典》905頁，齊魯書社，1989年7月。

〔註34〕 郭沫若：《兩周金文辭大系考釋》159頁，科學出版社，1957年12月。

〔註35〕 容庚：《善齋彝器圖錄》考釋12、13頁，轉引自《集釋》255頁。

〔註36〕 董楚平：《吳越徐舒金文集釋》256頁，浙江古籍出版社，1992年12月。

「若者，《釋詁》云：『善也。』善者，和順於道德，故又訓順。」此句是祈求子子孫孫，世代順利無害。

（二）宜桐盂

著錄於《文存》四‧三九、《大系》一六五‧一五九、《通釋》四‧五六九～五七〇、《總集》六九〇八、《銘文選》五六六、《集釋》三‧四、《集成》一〇三二〇。

此器現僅有拓本存世，有銘四行二十九字（圖三），形制不明。其時代應爲春秋中期偏晚〔註37〕。

佳（唯）正月初吉日己🔲，邻（徐）王季糧之孫宜桐，乍（作）鑄飤盂吕（以）𩱤妹。孫子永壽用之。

佳（唯）正月初吉日己🔲

「🔲」字多釋爲「酉」字。郭沫若：「『日己酉』三字或誤釋作『丁亥享』，因有疑此銘爲僞者，非是。」〔註38〕以後諸家皆從此說。此處釋爲「酉」的「🔲」字較爲特殊，「酉」字字形的上部自甲骨文以下皆爲平橫，如：

🔲（酉卣）——🔲（師酉簋）——🔲（徐王義楚耑）

末一字形選自同爲徐器的徐王義楚耑，在文中也表干支。徐國銅器沇兒鎛中讀爲「酒」的「酉」字——🔲，和在「🔲（沇兒鎛）」、「🔲（徐王義楚耑）」等字中用爲偏旁的「酉」字，上部都是平橫，從未有如「🔲」之上部作折筆者。酉的甲骨文字形本象酒尊，用以表示「酒」，「酒」和地支「酉」古音相近，遂又藉以表示地支「酉」〔註39〕。「酉字字形實與商代陶質大口有肩尊，與銅折肩尊相近」〔註40〕，故字形下部表尊體的部分上寬下窄，到戰國時期或有上下寬度差別縮小的，但未有一例如「🔲」字這樣爲上窄下寬的。「🔲」字與「享」字較爲相似，但仍有不同，「享」字下部多爲圓方形。「🔲」爲徐國銅器徐王義

〔註37〕 李學勤：《從新出青銅器看長江下游文化的發展》，《文物》，1980 年 8 期。

〔註38〕 郭沫若：《兩周金文辭大系考釋》159 頁，科學出版社，1957 年 12 月。

〔註39〕 董蓮池：《說文部首形義通釋》391 頁，東北師範大學出版社，2000 年 7 月。

〔註40〕 朱鳳瀚：《古代中國青銅器》97 頁，南開大學出版社，1995 年 6 月。

楚嵩中的「享」字，與「」也有差別。此字似「享」非「酉」，較爲可疑。除「酉」字外，銘文中的「初」、「日」二字字形、風格也較爲特殊。

本銘的記日形式「隹（唯）正月初吉日己」，異於其他徐器。徐器帶有時間的銘文除本銘外共有七篇，形式主要有兩種，一種是帶有「初吉」的，一種是帶有「吉日」的。帶有「初吉」的又有兩種形式：

A. 初吉＋干支

唯正月初吉丁亥（庚兒鼎）

唯正月初吉丁亥（沇兒鎛）

唯正九月初吉丁亥（僕兒鐘）

B、初吉＋日才（在）干／支

唯正月初吉，元日才（在）亥（徐王子旃鐘）

唯正月初吉，日才（在）庚（徐醹尹鉦）

　　帶有「吉日」的形式爲：吉日＋干支

唯正月吉日丁酉（徐王義楚嵩）

唯正月吉日初庚（徐痒尹湯鼎）

上述七銘，皆與本銘不同。

此篇銘文有上文所述種種奇怪現象，很是值得懷疑。但這也有可能是當時刻鑄的錯誤，作僞當有所本，後面銘文中出現的「（糧）」、「蠶」等字不見於他器，且「（糧）」字與後出楚簡中的「糧」字結構相同。此器已失，僅據銘文，實難定眞僞。

鄎（徐）王季糧之孫宜桐

，或隸爲「粟」〔註41〕，或隸爲「彙」〔註42〕。郭沫若謂此字「殆糧之異文」〔註43〕，《銘文選》、李學勤、裘錫圭等皆釋此字爲「糧」〔註44〕。按，

〔註41〕 郭沫若：《兩周金文辭大系考釋》159 頁，科學出版社，1957 年 12 月。

〔註42〕 董楚平：《吳越徐舒金文集釋》257 頁，浙江古籍出版社，1992 年 12 月。

〔註43〕 郭沫若：《兩周金文辭大系考釋》159 頁，科學出版社，1957 年 12 月。

〔註44〕 馬承源：《商周青銅器銘文選（四）》380 頁，文物出版社，1990 年 4 月；裘錫圭：《西周糧田考》，《胡厚宣紀念文集》，科學出版社，1998 年 11 月；李學勤：《從新出青銅器看長江下游文化的發展》，《文物》，1980 年 8 期。

釋此字爲「糧」，是正確的。「粟」上部所從爲「量」字，只是上部豎筆沒有穿出，大梁鼎銘文中的「量」字作「𣌅」，上部豎筆也未穿出，正與此同。「量」字下部與「米」字上部借筆，遂成「粟」形。此字上從量下從米，應爲「糧」字，郭店楚簡《成之聞之》篇中的「糧」字正是上下結構，可資參證。郭沫若指出「郘（徐）王季糧」即徐王糧鼎銘中的「徐王糧」〔註45〕。

器主宜桐是徐王糧之孫，故此器時代應爲「春秋中期偏晚，約當宣、成時期」〔註46〕。

「宜」字，郭沫若釋爲「宜」字，但此字與金文中的「宜」字：

　　　　天亡簋　──　宜戈　──　宜陽右倉簋

並不相同。趙世綱認爲：「宜」字中間所從爲「孚」，「宜」字從宀孚聲，讀音孚〔註47〕。他反對釋此字爲「宜」，但他認爲此字從「孚」，亦有不安，「孚」字無此形。

春秋時期，南方一些國家的青銅器銘文中有一個特點，器主往往在自己的名字前冠以先世的名號〔註48〕，如：「徐王之子庚兒」（庚兒鼎）、「徐王庚之淑子沇兒」（沇兒鎛）、「徐王義楚之元子」（徐王義楚元子劍）、「曾孫僕兒，余达斯於之孫，余聯𨦌之元子」（僕兒鐘）等。

乍（作）鑄飤盂呂（以）齍妹

「鑄」字省略了下部的皿旁，可隸爲「𩵋」。《說文》：「飤，糧也。」此處與「食」同義，金文中或用「食」：𣫏父鼎「乍（作）寶食彝」，仲義昌鼎「自乍（作）食繁」；或用「飤」：吳王姬鼎「吳王姬乍（作）南宮史叔飤鼎」，乙鼎「乙自乍（作）飤繁」。盂形似簋而大，一般橫截面爲圓形，敞口深腹，有圈足附耳。用作盛水器或盛飯器，大徐本《說文解字》：「盂，飯器也」，小徐本及《太平御覽》引《說文解字》皆作「飲器也」。盛飯器多自名爲「飤盂」、

〔註45〕　郭沫若：《兩周金文辭大系考釋》159 頁，科學出版社，1957 年 12 月。

〔註46〕　李學勤：《從新出青銅器看長江下游文化的發展》，《文物》，1980 年 8 期。

〔註47〕　趙世綱：《徐王子旃鐘與徐君世系》，《華夏考古》，1987 年 1 期。

〔註48〕　李學勤：《春秋南方青銅器銘文的一個特點》，《吳越地區青銅器研究論文集》，香港兩木出版社，1997 年。

「饋盂」，飲水器自名爲「盥盂」〔註49〕。瓹字不識，「疑是饌字之異，此乃
媵妹之器」〔註50〕。

二、徐王庚器群

（三）庚兒鼎

著錄於《考古》一九六三‧五、《銘文選》五六七、《集釋》三‧五、《集成》
二七一五、二七一六。現藏山西省博物館。

出土於山西侯馬上馬村東周墓葬的第十三號墓，該墓由山西省文物管理委
員會和山西省考古研究所在一九六一年十二月發掘〔註51〕。同墓出土大小銅器
一百八十餘件，有銘文的只有兩件庚兒鼎。二鼎形制、花紋、銘文大致相同。
口徑約 48 釐米〔註52〕，通高約 43 釐米，皆爲大口、窄沿、深腹、圓底、直附
耳、三蹄形足。耳、口沿下、器腹皆飾個體相排、不互相糾纏的蟠螭紋，中腹
以下飾三角紋，內塡單線鉤紋，足上端有由四條蟠螭紋組成的獸面紋，獸面有
耳、角、頷而無鼻〔註53〕。鼎附耳斂頸，上有分解了的螭紋（圖四），屬於春秋
中期偏晚〔註54〕。腹內壁各有銘文三行二十九字（圖五、六）：

佳（唯）正月初吉丁亥，邾（徐）王之子庚兒，自乍（作）飤（食）
絲（䤵），用征用行，用龢用羹，沬（眉）壽無疆。

佳（唯）正月初吉丁亥

「吉（吉）」字豎筆穿出，較爲特殊，這種寫法的「吉」字多出現在南方
諸國的青銅器中，如 吉（楚嬴匜）、甴（中子化盤）、吉（王孫壽甗）、吉
（陳侯鼎）、吉（鄧伯氏鼎）、吉（黃韋俞父盤）等。

〔註49〕 朱鳳瀚：《古代中國青銅器》97 頁，南開大學出版社，1995 年 6 月。

〔註50〕 郭沫若：《兩周金文辭大系考釋》159 頁，科學出版社，1957 年 12 月。

〔註51〕 山西省文物管理委員會侯馬工作站：《山西侯馬上馬村東周墓葬》，《考古》，1963
年 5 期。

〔註52〕 一説口徑四十釐米，見張萬鍾、張頷：《庚兒鼎解》，《考古》，1963 年 5 期。

〔註53〕 陳公柔：《徐國青銅器的花紋、形制及其他》，《吳越地區青銅器研究論文集》
263 頁，香港兩木出版社 1997 年。

〔註54〕 李學勤：《從新出青銅器看長江下游文化的發展》，《文物》，1980 年 8 期。

郊（徐）王之子庚兒

　　除庚兒外，徐器銘中人名還有沇兒、僕兒等。李學勤認為「兒」字都是附加的，類似北方人名下加「子」字〔註55〕，沙孟海也認為「兒字是語尾」〔註56〕。李瑾指出：「徐器之人名多以『兒』字作為詞尾，但這種黏合併不牢固，只限於自稱，下輩稱其上輩之名時則不能附上這一後綴。」〔註57〕按，這種帶「兒」的稱呼並非「只限於自稱」，下文所介紹的的僕兒鐘銘中，僕兒稱呼其子為「逨兒」，可見上對下亦可加「兒」字。據此或可推斷在名字後加「兒」字為謙稱。「兒」字是否只是一種語尾、後綴，還是值得進一步探討的。張頷、張萬鍾指出此銘中的「庚兒」與沇兒鎛銘中「徐王庚之子沇兒」的「徐王庚」當為一人〔註58〕，鑄此器時庚兒尚未稱王。A器（圖五）上的「子」字殘破。

自乍（作）飤（食）緐（鬻）

　　緐，此字小篆從「糸」不從「系」，舊多誤隸為「緐」。緐即「繁」字，《說文》有「緐」無「繁」。《說文》：「緐，馬髦飾也。」段注：「馬髦，謂馬鬣也，飾亦妝飾之飾，蓋集絲條下垂為飾曰緐。引申為緐多，又俗改其字作繁，俗形行而本形廢，引申之義行而本義廢矣」。

　　本器的「緐」多被認為是「鬻」字的省文〔註59〕，至確。陳劍通過對「緐／鬻鼎」自名的考察，指出：「『緐』陳邦懷先生認為當讀為『飯』，按緐、飯同為並母元部字，《說文》『絣』為緐之重文，而『飯』也正有異體作『餅』又《說文》云繁『讀若飯』，可見陳說正確可從。那麼，緐鼎也就是飯鼎，即煮飯、盛飯（黍稷稻粱）之鼎，與烹煮、盛放動物肢體、腸胃的牲鼎相對立、區別。」〔註60〕其說甚是。《郭店楚墓竹簡・緇衣》〔註61〕第十八號簡上有一個「絣」字，

〔註55〕　李學勤：《從新出青銅器看長江下游文化的發展》，《文物》，1980 年 8 期。

〔註56〕　沙孟海：《配兒鉤鑃考釋》，《考古》，1983 年 4 期。

〔註57〕　李瑾：《徐楚關係與徐王義楚元子劍》，《江漢考古》，1986 年 3 期。

〔註58〕　張頷、張萬鍾：《庚兒鼎解》，《考古》1963 年 5 期。

〔註59〕　張頷、張萬鍾：《庚兒鼎解》，《考古》1963 年 5 期；董楚平：《吳越徐舒金文集釋》261 頁，浙江古籍出版社，1992 年 12 月。

〔註60〕　陳劍：《青銅器自名代稱、連稱研究》，《中國文字研究》第一輯，廣西教育出版社，1997 年 7 月。

〔註61〕　荊門市博物館：《郭店楚墓竹簡》，文物出版社，1998 年。

今本《緇衣》作「煩」字，這給「絲」讀爲「飯」又添一證據。

用征用行，用龢用羹

此處的「征」與後文的「行」對應，應爲遠行之義。《爾雅·釋言》：「征，行也。」「龢」字多見於鐘銘，鼎銘中比較少見。《說文》：「龢，調也，從龠禾聲，讀與和同。」鐘銘「龢」字謂樂音和諧，鼎銘「龢」字謂五味調和。關於「龢」字，張頷和董楚平論之甚詳，不再贅言。〔註62〕

對「（羹）」字的認識多有不同。張頷、張萬鍾「疑爲鬻字」，「即烹的意思」〔註63〕；董楚平不同意張說，批駁說：「古文者字下部皆從日或口，未有省日省口之例。《庚兒鼎》甲、乙二器，此字皆無『日』或『口』，與者字上部也不很像」，他認爲B器（圖六）所從「似米字，當隸定爲鬻」，「鬻字古有煮得糜爛之意」〔註64〕。後世學者多將此字與徐王糧鼎中的字形字視爲一字異體〔註65〕，亦是「羹」字。

沬（眉）壽無疆

「沬／沐」有很多不同的形體：（齊縈姬之盤）、（齊侯敦）、（陳公子甗）、（毳簋）、（曾伯文簋）、（陳逆簋）。此字常用在「壽」字之前，宋代有人根據辭例對照而推定此字應該是「眉」字。林澐先生指出：「該字應該是沬（古代沬、沐兩字通用）字的原始寫法。沬和眉古音相同，所以可以互代，但並不是一個字。」〔註66〕

（四）沇兒鎛

舊稱沇兒鐘，著錄於《陶齋》上五、《愙齋》二·一九、《愙齋釋文》九、《文存》一·二〇、《綴遺考釋》二·一四、《三代》一·五三·二～一·五四·一）、《韡華》甲·七、《文錄》二·八、《小校》一·六五、《通釋》四·

〔註62〕 張頷、張萬鍾：《庚兒鼎解》，《考古》，1963 年 5 期；董楚平：《吳越徐舒金文集釋》261 頁，浙江古籍出版社，1992 年 12 月。

〔註63〕 張頷、張萬鍾：《庚兒鼎解》，《考古》，1963 年 5 期。

〔註64〕 董楚平：《吳越徐舒金文集釋》261 頁，浙江古籍出版社，1992 年 12 月。

〔註65〕 陳劍：《釋上博竹書和春秋金文的「羹」字異體》，2007 中國簡帛學國際論壇論文，2007 年 11 月。

〔註66〕 林澐：《古文字研究簡論》45 頁，吉林大學出版社，1986 年 9 月。

五七〇～五七三、《總集》七一二四、《銘文選》五七三、《集釋》三・六、《集成》二〇三等。現藏上海博物館。

據方濬益《綴遺考釋》「器出荊州」。春秋時，徐國處於齊、吳、楚大國擠壓之下，不時遭到楚國的征伐，而且《左傳・昭公三十年》記載吳國滅徐以後，徐子章羽曾奔楚，故徐器出土於楚地亦屬正常。庚兒鼎鑄作時庚兒尚未稱王，鑄作本鎛時已稱徐王，庚兒鼎的年代，據前文所述，為春秋中期偏晚，沇兒鎛的時代還應稍晚於庚兒鼎。李學勤說：「沇是徐王庚之子，沇鑄器形字體接近齊器黏鎛，相當於春秋晚期之初的襄公時期。」〔註67〕此鎛失紐，於平、舞部飾兩頭龍紋，鼓部飾交龍紋（圖七）；高 29、舞縱 19.9、舞橫 24、鼓間 22、銑間 26 釐米；在鉦部及鼓部兩側有銘十七行，七十八字，重文二（圖八、九）：

佳（唯）正月初吉丁亥，郐（徐）王庚之怨（淑）子沇兒，羃（擇）其吉金，自乍（作）龢鐘。中（終）翰（韓）叔（且）易（旟），元鳴孔皇，孔嘉元成，用盤歓（飲）酉（酒），龢（和）遣（會）百生（姓），怨（淑）于敆（威）義（儀），惠于明（盟）祀。獻（吾）㠯（以）匽（宴）㠯（以）喜，㠯（以）樂嘉賓，及我父姓（兄）庶士，皇（韹）=趔（熙）=，沫（眉）壽無冀（期），子孫永保鼓之。

郐（徐）王庚之怨（淑）子沇兒

徐王庚，即庚兒鼎之「庚兒」，此時已稱王，其事蹟在文獻中不可考。怨，即愍，讀作淑，義為美善。《爾雅・釋詁上》：「淑，善也。」《詩・曹風・鳲鳩》：「淑人君子，其儀一兮。」鄭箋：「淑，善。」沇，也作充、浣。《說文》：「沇，水。出河東東垣王屋山，東為泲（龍按：泲指濟）。沿，古文沇。」段注：「小篆作沇，隸變作充。」沇水，文獻多有記載：《廣韻・獮韻》：「浣，濟水別名，出王屋山，東為濟。沇，上同。」《書・禹貢》：「導沇水，東流為濟。」孔傳：「泉源為沇，流去為濟，在溫西北平地。」《漢書・地理志上》：「（河東郡）垣：《禹貢》王屋山在東北，沇水所出，東南至武德入河。軼出滎陽北地中，又東至琅槐入海。」《水經注・濟水》：「濟水出河東垣縣東王屋山，為沇水。」由這些文獻記載可知，沇水發源於河南省濟源縣王屋山南，

〔註67〕 李學勤：《從新出青銅器看長江下游文化的發展》，《文物》，1980 年 8 期。

至溫縣入黃河。又自滎澤復出黃河南，東流至山東省琅槐（今山東省廣饒縣）入渤海，上流名沇水，下流名濟水，主要在今河南、山東境內。徐王庚之子名「沇」，說明當徐王庚之時，徐國應距沇水不遠，或者是徐國曾居沇水。歷史上有關徐國的起源、遷徙並沒有留下多少確鑿的記載，這或許有益於探究徐國地望及其遷移路線。

自乍（作）龢鐘

此器自名「龢鐘」，所以舊稱「沇兒鐘」，但此器實爲鎛，經籍又寫作「鑮」。《說文》：「鑮，大鐘。」《周禮·春官》：「鎛師中士二人」，鄭玄注：「鎛如鐘而大」。鎛與鐘形制相近，但鐘口呈弧狀，而鎛是平口；鎛器身橫截面多作扁橢圓形，也有呈葉形的，紐部多附有蟠曲堆垛的獸形紋飾，無枚或有扁圓及其它形制的枚。鎛除少量自名「鎛」外，多自名爲「龢鐘」、「訶（歌）鐘」等〔註68〕。

中（終）翰（鶾）叚（且）易（鴋）

翰，郭沫若認爲：「遺者鐘作翰，許子鐘作鶾，鶾字見《說文》，曰：『雞肥翰音者也。从鳥，䚈聲。魯郊以丹雞祝曰：「以斯翰音赤羽去魯侯之咎。」』（龍按：雞，《說文》各本作「雉」；二「翰」字，《說文》各本並作「鶾」，郭所引文見段注。），是知翰、鶾均鶾之異。」〔註69〕翰，形容高揚的樣子，段注：「長也」、「高也」。

易，王孫遺諆鐘、許子鐘等銘皆作「鴋」，郭沫若《大系》、馬承源主編《銘文選》等也隸作「鴋」。按，沇兒鐘此字實不从「攸」，應隸爲「易」，讀作「鴋」，意爲鐘聲高揚，在其他銘文中還寫作「揚」、「湯」、「錫」等。「中」讀作「終」；「叚」，用作「且」。王引之《經傳釋詞》指出：「終」相當於「既」，「且」相當於「又」〔註70〕。「終鶾且揚」與《詩經》「終風且暴」、「終溫且惠」、「終和且平」、「終善且友」等語法全同〔註71〕，意爲：（鐘的聲音）既高亢且飛揚。

〔註68〕　朱鳳瀚：《古代中國青銅器》247頁，南開大學出版社，1995年6月。

〔註69〕　郭沫若：《兩周金文辭大系考釋》160頁，科學出版社，1957年12月。

〔註70〕　王引之：《經傳釋詞》175頁、191頁，嶽麓書社，1984年1月。

〔註71〕　徐中舒：《蠡氏編鐘考釋》，《徐中舒歷史論文選輯》，中華書局，1998年9月。

元鳴孔皇

「鳴」字殘，據徐王子旃鐘、王孫遺鬘鐘等銘「元鳴孔皇」，知此處應爲「鳴」字。元，《廣韻‧元韻》：「大也。」孔，程度副詞，《爾雅‧釋言》：「甚也。」「皇」通「韹」，徐王子旃鐘銘文正是用「韹韹」；「韹韹」見於文獻，又作「鍠鍠」、「喤喤」。李家浩云：「古代重言字可以單說。鐘銘的『韹』字也應該是樂聲之和的意思。」〔註72〕或說，「皇」訓「大」，《說文》「皇，大也」，形容鐘聲的盛大〔註73〕。又說，皇，美也〔註74〕。「元鳴孔皇」意爲響亮的鐘聲很和諧。

孔嘉元成

「嘉」有美、善義。《爾雅‧釋詁》：「嘉，善也。」《說文》：「嘉，美也。」「元，大。甚之辭。成，備。《詩‧齊風‧倚嗟》『儀既成兮』，鄭箋：『成，猶備也。』此在解釋爲完善。」〔註75〕成，一說讀作「盛」〔註76〕。「孔嘉元成」意爲：很美妙又甚爲完善。

用盤歙（飲）酉（酒）

「酉」讀作「酒」。盤，吳闓生（《文錄》二‧八）、于省吾先生（《雙劍誃吉金文選》上一，15頁）訓爲樂，《書‧秦誓》：「民訖自若是多盤。」孔疏：「盤，樂也。」

龢（和）遒（會）百生（姓）

龢，同「和」。《篇海類編‧器用類‧龠部》：「龢，《左傳》：『如樂之龢。』又徒吹曰龢。今作和。又諧也，合也。」和，在此有喜悅義。「遒」字原篆從「辵」，還見於斁鐘、中山王壺等器中，皆用爲「會」〔註77〕。「和會」一詞見

〔註72〕 李家浩：《著名中年語言學家自選集李家浩卷》73頁，安徽教育出版社，2002年12月。

〔註73〕 陳雙新：《兩周青銅樂器銘辭研究》242頁，河北大學出版社，2002年12月。

〔註74〕 董楚平：《吳越徐舒金文集釋》266頁，浙江古籍出版社，1992年12月。

〔註75〕 馬承源：《商周青銅器銘文選（四）》387頁，文物出版社，1990年4月。

〔註76〕 董楚平：《吳越徐舒金文集釋》267頁，浙江古籍出版社，1992年12月。

〔註77〕 李家浩：《著名中年語言學家自選集李家浩卷》75頁，安徽教育出版社，2002年12月

於文獻，《書‧康誥》：「周公初基，作新大邑於東國洛，四方民大和會。」孔傳：「四方之民大和悅而集會。」「生」讀作「姓」，「姓」由「生」滋乳而來，這種用法又見於兮甲盤等。「百姓」指貴族，不同於現代漢語的「老百姓」。「和會百姓」意爲：使「百姓」喜悅集會。

恩（淑）于戜（威）義（儀），惠于明（盟）祀

「恩（怒）」與上文「淑子」之「淑」同義，即善。戜，方濬益《綴遺考釋》因辭例中此字下文爲「義」而誤釋爲「仁」，「郭沫若《大系》與羅福頤《文存》均隸定爲『戜』，郭釋作『威』」〔註78〕。義，用作「儀」。「威儀」意爲禮儀細節。《禮記‧中庸》：「禮儀三百，威儀三千。」「淑于威儀」即使禮節美善。

惠，常和「淑」同時出現在銘文中，如王孫亯鐘、王孫遺鱐鐘、王子午鼎：「惠于政德，淑于威儀」等，也應爲「善」意。《禮記‧表記》：「節以壹惠。」鄭玄注：「惠，猶善也。」明祀，當讀作「盟祀」。盟，《說文》古文從明，在金文中或寫作「㮺」，如王孫亯鐘、㝬鐘等。本銘則直接作「明」，文獻中二字亦常通用〔註79〕。或云：「明，形容祀典堂皇美盛。」〔註80〕

「終翰且旟，元鳴孔皇，孔嘉元成」，是讚美鐘聲；「用盤飲酒，和會百姓，淑于威儀，惠于盟祀」是講此鐘在飲宴、集會、盟祀中都有很好的作用，利於表現各種禮儀，「用」字應一直管轄到句末。董楚平認爲「和會百姓，淑于威儀，惠于明（盟）祀」這三句是說：「和睦聚會的貴族們，善於修飾自己的儀表，柔順得體的參加盛典。」〔註81〕

歔（吾）㠯（以）匽（宴）㠯（以）喜

「歔」、「吾」同音假借，又作「盧」。王國維指出：「古魚、吾同音，故往往假盧、歔爲吾。」（《觀堂集林‧兮甲盤跋》）如：吳王「工吳」常寫作「攻敔」、「攻歔」。

㠯（以）樂嘉賓，及我父戜（兄）庶士

〔註78〕 董楚平：《吳越徐舒金文集釋》267 頁，浙江古籍出版社，1992 年 12 月。

〔註79〕 高亨：《古字通假會典》321 頁，齊魯書社，1989 年 7 月。

〔註80〕 董楚平：《吳越徐舒金文集釋》267 頁，浙江古籍出版社，1992 年 12 月。

〔註81〕 董楚平：《吳越徐舒金文集釋》267 頁，浙江古籍出版社，1992 年 12 月。

「嘉賓」，彭裕商指出此詞「從不見於西周時期的金文和典籍，而只出現於《小雅》和春秋金文，且較多見」〔註82〕。「兟」即「兄」字，只是加注了聲符「生（往）」。「兄」爲陽部曉母字，「往」爲陽部匣母字，音近可通。宴，在本銘中意爲喜、樂。《字彙》：「喜也」，《詩・邶風・谷風》：「宴爾新婚，如兄如弟」。朱熹注：「宴，樂也。」「父兟（兄）庶士」亦見於徐王子旃鐘，子璋鐘（集成113）作「用樂父兟（兄）者（諸）士」，庶、諸音通〔註83〕義近，亦有「眾多」義，《爾雅・釋詁下》：「眾也」，又《釋言》：「侈也。」郭璞注：「庶者，眾多爲奢侈。」

皇（韹）＝趣（熙）＝

「皇（韹）＝」見上文，形容鐘聲洪亮；「趣」典籍作「熙」，《左傳・莊公二十九年》：「爲之歌《大雅》，曰：『廣哉，熙熙乎！』」杜預注：「熙熙，和樂聲。」形容鐘聲和諧。〔註84〕

沬（眉）壽無異（期）

「![冀字]（異）」即「期」，齊侯敦期作「![字]」〔註85〕，《說文》「期」字古文從日從丌（其）。

鐘鎛上的銘文往往分鑄於不同的部位，但不管銘文起自何處，都是向左接續的。如本鎛銘文就分別鑄在六個部位，順序如下：正面鉦間：「隹正月初吉丁亥，郑王庚之忠子沇兒，擇其吉」；正面鼓左：「金，自乍龢鐘。中翰叔昜，元![鳴]孔」；背面鼓右：「皇，孔嘉元成，用盤歈酉，龢」；背面鉦間：「遫百生，忠于畈義，惠于明祀。畈呂医呂喜，呂樂」；背面鼓左：「嘉賓，及我父兟庶士，皇＝趣＝，沬壽」；正面鼓右：「無異，子＝孫＝永保鼓之。」許多銅器作僞者不懂其中規律，往往在銘文順序上出問題。關於銘文的刻鑄部位及其閱讀順序，陳雙新《兩周青銅樂器銘辭研究》一書第三章所述甚詳〔註86〕，可參看。

徐器銘文多用韻，本銘韻讀：旃、皇，陽部；成、姓，耕部；祀、喜、士、

〔註82〕 彭裕商：《金文研究與古代典籍》，《四川大學學報》，1993 年 1 期。

〔註83〕 高亨：《古字通假會典》894 頁，齊魯書社，1989 年 7 月。

〔註84〕 陳雙新：《兩周青銅樂器銘辭研究》144 頁，河北大學出版社，2002 年 12 月。

〔註85〕 容庚：《金文編》478～479 頁，中華書局，1985 年 7 月。

〔註86〕 陳雙新：《兩周青銅樂器銘辭研究》，河北大學出版社，2002 年 12 月。

期、之，之部。

三、徐王子旃器群

（五）徐王子旃鐘

著錄於《金索》一・六一～六二、《錄遺》四・一～四・二、《總集》七一・二一、《銘文選》五六八、《集釋》三・七、《集成》一八二。現藏北京故宮博物院。

據《金索》，此鐘乃「孔荃溪在長安所得」。此鐘形制較小，高 15.4 釐米；頂無甬，而有長方形環紐，上飾絢索紋；鉦部無枚；篆部也飾絢索紋；隧部鑄變形重疊的鳥紋（圖一〇）。時代應爲春秋晚期〔註87〕。郭沫若認爲徐王子旃鐘乃僞刻〔註88〕，然《金索》謂此器「字劃間亦有重綠凝結，當非今人所能仿造者」。趙世綱也認爲徐王子旃鐘並非僞器，並從銘文字體結構，文例風格以及鐘的形體、花紋諸方面，詳加論證〔註89〕。此鐘正、背面鑄〔註90〕銘文十四行、七十六字，其中重文五（圖一〇、一一）。

　　隹（唯）正月初吉，元日才（在）亥，郐（徐）王子旃，罶（擇）其吉金，自乍（作）龢（和）鐘，已（以）敬盟（盟）祀，已（以）樂（樂）嘉賓，及我生（姓）我臥（僕），兼已（以）父胜（兄）庶士，已（以）宴已（以）喜。中（終）翰（轄）叙（且）韽（旟），元鳴孔皇，其音修修（悠悠），聞于四方，韹=照（熙）=，沬（眉）壽無韻（期），子子孫孫，萬枼（世）鼓之。

隹（唯）正月初吉，元日才（在）亥

　　十，董楚平釋「丁」〔註91〕，趙世綱、陳公柔、陳雙新等釋「癸」〔註92〕，

〔註87〕 李學勤：《從新出青銅器看長江下游文化的發展》，《文物》，1980 年 8 期。

〔註88〕 郭沫若：《兩周金文辭大系考釋》160 頁，科學出版社，1957 年 12 月。

〔註89〕 趙世綱：《徐王子旃鐘與徐君世系》，《華夏考古》，1987 年 1 期。

〔註90〕 董楚平：《吳越徐舒金文集釋》268 頁，認爲是銘文是鑿刻上去的，浙江古籍出版社，1992 年 12 月；趙世綱：《徐王子旃鐘與徐君世系》，認爲此鐘銘文字字體結構緊密，筆劃頓挫明顯，應是刻銘，《華夏考古》，1987 年 1 期。

〔註91〕 董楚平：《吳越徐舒金文集釋》269 頁，浙江古籍出版社，1992 年 12 月。

〔註92〕 趙世綱：《徐王子旃鐘與徐君世系》，《華夏考古》，1987 年 1 期；陳公柔：《徐

馬承源缺釋，認為是「天干序數字未鑄清」〔註93〕。按，釋「丁」或「癸」，皆與慣見記日形式相合，但字形上差別太大，難以成立。趙世綱摹此字為「𣥠」〔註94〕，由此釋為「癸」，所摹「𣥠」形與「才」差別很大。按，此字為「才」甚明，曾姬無卹壺作「才」、郭‧殘‧1、郭‧語三‧15 作「才」（參《楚文字編》361 頁），皆與此字相近。「才」在此應讀為「在」。此銘「日在亥」，「亥」為地支，較為特殊，而在「辰／日在某」的記日形式中，「某」一般為天干加地支，如：辰在丁亥（邾公孫班鎛，集成 140）、辰在乙亥（䤒公魪鐘，集成 149）等，或只用天干，如：日在庚（徐醓尹鉦）。但在這種記日形式中，也有用地支的，如：辰在寅（辰在寅簋，集成 3953），本銘「日在亥」正與「辰在寅」同。

　　劉雨在《金文「初吉」辨析》一文中認為「春秋戰國銘文多『吉日』、『元日』等，而不稱『初吉』。」〔註95〕但本銘卻是「初吉」與「元日」並用，正如趙世綱在《徐王子旃鐘與徐君世系》中所指出「初吉」和「元日」並用，這是至今所發現青銅器銘文中僅見的一例。對此趙氏解釋說：「在這個紀時銘文裏，初吉和朔日重合」〔註96〕。但值得注意的是趙文前面講到：『『初吉』即『始吉』，有首善之意。『正月初吉』就是在正月裏的第一個吉日」，把初吉看作一日，採用的是「定點說」；後文對於「元日」，又採黃盛璋《釋初吉》一文中的說法，「初吉之後又有元日，元日為吉日，但他又是初吉之一日，此非朔日莫屬，」實際上黃盛璋是把初吉看作一個時間段，採用的是「四分說」。這是相互矛盾的，未必可信。參加「初吉」討論的不下數十家，至今未有公論，王國維的「四分說」認為：「初吉，謂自一日至七八日也」〔註97〕，夏商周斷代工程定初吉為初一至初十〔註98〕，其說雖未必完全可信，可將初吉看

　　　　國青銅器的花紋、形制及其他》，《吳越地區青銅器研究論文集》，香港兩木出版社，1997 年；陳雙新：《兩周青銅樂器銘辭研究》145 頁，河北大學出版社，2002 年 12 月。

〔註93〕　馬承源：《商周青銅器銘文選（四）》383 頁，文物出版社，1990 年 4 月。

〔註94〕　趙世綱：《徐王子旃鐘與徐君世系》，《華夏考古》，1987 年 1 期。

〔註95〕　劉雨：《金文「初吉」辨析》，《文物》，1982 年 11 期。

〔註96〕　趙世綱：《徐王子旃鐘與徐君世系》，《華夏考古》，1987 年 1 期。

〔註97〕　王國維：《觀堂集林》21 頁，中華書局，1959 年 6 月。

〔註98〕　李學勤等：《夏商周斷代工程 1996～2000 年階段成果報告》35 頁，世界圖書

作一個時間段，還應該是可取的。可從黃盛璋說，將「元日」看作「初吉」之中的一個吉日。

郐（徐）王子旃

「」字一般隸作「旃」，李學勤釋此字爲「旃」〔註99〕，未加解釋。林澐先生亦釋此字爲「旃」，並解釋道：「幣文『甘丹』之丹作、，信陽簡丹字作。此當是旃字而增口旁。」〔註100〕「」字所从「」與「同」字相比，中間多了一短橫（可參《楚文字編》473頁）。「」上部與「丹」字相同，下部小「口」可看作增飾，「青」所从之「丹」至春秋戰國時期多增「口」形，可爲之證。「旃」字不見於字書，「旃」意爲赤色曲柄的旗子，又寫作「䘏」。釋「旃」較「旃」爲好，但作爲人名，無論釋「旃」或「旃」，其人皆不見於文獻。

「徐王子旃」有兩種斷句方式：徐王子／旃，徐王／子旃，一般取前一種。李學勤《從新出青銅器看長江下游文化的發展》認爲王子旃是徐的王族，所列徐王世系也把子旃排除在外。趙世綱《徐王子旃鐘與徐君世系》認爲子旃當爲徐王之一，「因爲徐國屬淮夷，不與中原同俗。例如：徐王庚，未爲王時，自稱『庚兒』；徐王義楚，未爲王時，自名義楚。前者不稱王子庚兒，後者不稱王子義楚。」趙說可從，現確定爲徐器的銘文，未見有「王子」之說。同時趙世綱又把宜桐盂中的「宜桐」釋爲「宰桐」，並認爲此處的「子旃」二字即「宰桐」，卻不可信。如前文所論「」並非「宰」字，「」字應爲「旃」，也不是「旃」。

此句中的「金」、「自」、「乍」三字漫漶不清，但尚隱約可見。

呂（以）敬祭（盟）祀

敬字，趙世綱《徐王子旃鐘與徐君世系》釋爲「敬」，陳雙新從之〔註101〕。此字雖漫漶不清，難以辨讀，但證以他銘，釋「敬」可從。

出版公司，2000年11月。

〔註99〕 李學勤：《從新出青銅器看長江下游文化的發展》，《文物》，1980年8期。

〔註100〕 林澐：《新版〈金文編〉正文部分釋字商榷》，1990年中國古文字研究會年會論文。

〔註101〕 陳雙新：《兩周青銅樂器銘辭研究》145頁，河北大學出版社，2002年12月。

及我生（姓）我臥（僕）

「及我生（姓）我臥（僕）」，董楚平《集釋》（269 頁）釋爲「朋生習宜」；馬承源《銘文選（四）》（383 頁）釋爲「及我者□生」；趙世綱《徐王子旃鐘與徐君世系》釋爲「及我生（姓）我友」，對其含義皆未加解釋。「已（以）樂（樂）嘉賓」以下，至「兼已（以）父戕（兄）庶士」之間應有五字，其中前三字「及我生」應無疑議。第五字「**臥**」，陳雙新認爲「从人从臣，可能爲『僕』字異體」〔註102〕。論述甚詳，茲不贅述。「僕」爲古代官名，《龍龕手鑒》：「僕，官名」，《禮記·儒行》：「更僕未可終也。」鄭玄注：「僕，太僕也，君燕朝則正位掌儐相。」李家浩指出：「按古代有許多叫『某僕』的職官，例如《左傳》僖公三十三年和襄公二十八年有『外僕』，《周禮·夏官》有『太僕』、『祭僕』、『御僕』、『隸僕』、『戎僕』、『齊僕』、『道僕』、『田僕』等。」〔註103〕「僕」與「生」相對，「生」讀爲「姓」，在此意爲官吏。《書·堯典》：「九族既睦，平章百姓。」孔傳：「百姓，百官。」第四字很不清晰，因「僕」與「生」對，故此字應該是「我」字。

兼已（以）父戕（兄）庶士

「兼」字很明顯，趙世綱釋爲「絲（肆）」，不確。「已（以）」或釋「台（怡）」亦可。

已（以）宴已（以）喜

「宴」，董楚平釋爲「客」〔註104〕，誤。

本銘韻讀：祀、士、喜，之部；旊、皇、方，陽部；熙、期、之，之部；全文三次換韻。

四、徐王義楚器群

（六）義楚耑

又名義楚鍴。著錄於《奇觚》一七·三六、《文存》五·一三七～一三八、

〔註102〕陳雙新：《兩周青銅樂器銘辭研究》145～146 頁，河北大學出版社，2002 年 12 月。

〔註103〕李家浩：《著名中年語言學家自選集李家浩卷》77 頁，安徽教育出版社，2002 年 12 月。

〔註104〕董楚平：《吳越徐舒金文集釋》269 頁，浙江古籍出版社，1992 年 12 月。

《善齋》五・九三、《大系》圖二〇七・錄一七〇、《小校》五・九八・二、《善齋》一四三、《三代》一四・五三・三、《通考》四〇六・二二・圖五九〇、《故圖》下下四一〇、《通釋》四・五七五、《總集》六六〇二、《銘文選》五七〇、《集釋》三・九、《集成》六四六二等。現藏臺灣省「中央博物院」。

關於此器的出土情況，陳公柔謂：「《善齋圖》引《寒松閣題跋》云：『……光緒戊子（1888 年）夏四月，江西高安農人熊姓在城西四十五里清泉市旁近里許漢建成侯墓山下田中，掘得古鐘鐸大小九，觶三。……鐸有徐王義楚字，其篆法與沇兒鐘如出一範。』……按此跋有不甚確切處：1.《通考》云：『鐘無款識，鐸即徐䛆尹句鑃也。』」〔註 105〕此地發現徐器應非偶然，在高安縣以北的靖安縣，1979 年還出土了徐王義楚浣盤等三件徐器〔註 106〕。同出三觶即本器與徐王義楚觶、徐王禹父觶〔註 107〕；鐘無銘，所謂「鐸」，郭沫若懷疑即後文之徐醓尹鉦〔註 108〕。

觶，或作「鍴」，即「觶」，王國維認爲觶、觛、巵、䚇、鍴五字同聲，當爲同物〔註 109〕，青銅器中無自名爲「觶」者。觶用途同尊，當爲飲酒之器，《說文》：「觶，鄉飲酒角也」。觶「出現於殷代中期，通行至西周早期，西周早期以後即罕見」〔註 110〕，徐國之觶，形制相當於中原地區西周中期偏晚時器。至春秋晚期，觶在中原地區早已不流行，而徐國不僅還在用觶（觶），且出土多件，較爲奇特。董楚平認爲：「這可能從一個側面說明徐是文化古老、進步緩慢的民族。傳說徐偃王好仁義而亡國，可能也反映這個民族的保守迂闊。」〔註 111〕陳公柔認爲：「徐器的斷代研究，不能以中原器形、花紋簡略地

〔註 105〕陳公柔：《徐國青銅器的花紋、形制及其他》，見《吳越地區青銅器研究論文集》265～266 頁，香港兩木出版社，1997 年。

〔註 106〕江西省歷史博物館、靖安縣文化館：《江西靖安出土春秋徐國銅器》，《文物》1980 年 8 期。

〔註 107〕林巳奈夫認爲以上三器都是僞器，見《殷周時代青銅器之研究》第一編總論第三章 80 頁，同書第四章第三節第 129 頁，轉引自朱鳳瀚《古代中國青銅器》。

〔註 108〕郭沫若：《兩周金文辭大系考釋》164 頁，科學出版社，1957 年 12 月。

〔註 109〕王國維：《釋觶、觛、巵、䚇、鍴》，《觀堂集林》卷六，中華書局，1959 年 6 月。

〔註 110〕朱鳳瀚：《古代中國青銅器》121 頁，南開大學出版社，1995 年 6 月。

〔註 111〕董楚平：《吳越徐舒金文集釋》271 頁，浙江古籍出版社，1992 年 12 月。

加以比傅，它往往偏晚於中原地區春秋時器。」〔註112〕按，二說都有一定道理。文化影響的傳播，總是要有一定過程的，給銅器斷代時，考慮到這一問題是正確的，但西周早期和春秋晚期未免相距太遠。正如李學勤所說：「文化影響的傳播，儘管有一定過程，但是其速度也是快捷的。……中華文化影響的向四方傳播，從現在掌握的材料看也是相當快的……在這個意義上，我們似乎可以認爲中原以外的青銅器，其形制、紋飾和中原類同的，鑄造年代也不會相差很遠。」〔註113〕李學勤還指出：「長江下游的青銅器在商代受到中原文化的很大影響，西周以後逐漸創造出自己獨特的傳統」，「過去傳統觀念認爲南方長期在文化上落後於北方，實在是一種誤解」〔註114〕，「這裡必須消除的一種成見，是認爲中原的文化水準從來而且總是高於邊遠地區，各種文化上的創造進步都發生在中原，逐漸再周邊影響傳播，多年以來考古工作揭示的歷史事實，是反對這種中原中心論的」〔註115〕。徐國早期文化比較落後，深受中原商文化的影響，但到了春秋時期，其銅器，尤其是青銅禮器已經達到了很高的水平，具有自己的特色，這或許可以說明在中原地區業已消滅很久的觶，爲什麼卻會在徐國長期流傳的原因。

三觶皆廣口細腰，本觶（圖一二）與徐王義楚觶（圖一三）皆無紋飾，惟徐王禹父觶在中腰處有類似小鳥紋的帶紋一周（圖二九）。三觶皆有銘文，據劉心源記載：「初出時落瘢頗厚，有邨士用錐剔字，稍稍受傷，心源觀三鍴，銅質湛碧，瑩澤如玉」（《奇觚》一七·三五）。

義楚，文獻中稱「儀楚」，《左傳·昭公六年》：「徐儀楚聘于楚，楚子執之，逃歸。懼其叛也，使薳洩伐徐。吳人救之。」杜預注：「儀楚爲徐大夫。」郭沫若：「義楚聘楚蓋其尚爲世子時事，杜預以爲徐大夫，乃出於推臆。」〔註116〕董楚平謂：「《左傳》儀楚即此銘義楚，當時未即位，爲太子，文獻誤子爲夫。猶越王句踐太子『柘稽』（即諸稽於賜），《史記·越世家》誤爲『大

〔註112〕陳公柔：《徐國青銅器的花紋、形制及其他》，《吳越地區青銅器研究論文集》267頁，香港兩木出版社，1997年。

〔註113〕李學勤：《中國古史尋證》225～226頁，上海科技教育出版社，2002年5月。

〔註114〕李學勤：《從新出青銅看長江下游文化的發展》，《文物》，1980年8期。

〔註115〕李學勤：《中國青銅器全集序》，《中國青銅器全集》，文物出版社，1996年。

〔註116〕郭沫若：《兩周金文辭大系考釋》163頁，科學出版社，1957年12月。

夫』。」〔註117〕義楚是徐器銘文中唯一於文獻可查的人名，其所處年代也較爲
明確，爲春秋晚期，約昭公時期。

此觶唇缺，後人以銅管襯合之。高 20.3、深 18.1、口徑 8.2、底徑 6、腹圍
19.5、寬 8.3 釐米。「形制與其他二觶相比，大體相同，也屬細長類型，口徑大
於腹徑，然相差不如其他二觶那麼明顯」〔註118〕。器表光素，無紋飾，腹外銘
一行五字（圖一二）：

義（儀）楚之祭觶（觶）。

此銘中不稱義楚爲徐王，義楚觶當是在義楚即位以前所作。本銘字數較少，
文字簡單，了無疑義。

（七）徐王義楚觶

又名徐王義楚祭鑘。著錄於《奇觚》一七・三六、《文存》五・一三六、《大
系》錄一七〇、考一六二、《小校》五・九三・三、《三代》一四・五五・六、《故
圖》下下四一一、《通釋》四・五七四～五七五、《總集》六六三四、《銘文選》
五六九、《集釋》三・十〇、《集成》六五一三等。

與義楚觶、徐王禹父觶同出，現藏臺灣省「中央博物院」。鑄此器時，義楚
已稱王，此觶年代應略晚於義楚觶。高 20.6、深 18、口徑 9.2、底徑 5.9、腹圍
19.2 釐米；器表光素，無紋飾，腹外有銘四行三十五字（圖一三）：

隹（唯）正月吉日丁酉，郤（徐）王義（儀）楚，罻（擇）余吉金，
自酢（作）祭鑘（觶），用享于皇天，及我文考，永保忩（台）身，子孫
寶。

郤（徐）王義（儀）楚

義楚，即「義楚觶」中之「義楚」，當時尚未即位，此時已稱王。《左傳・
昭公六年》：「徐儀楚聘于楚。楚子執之，逃歸。」杜預注：「儀楚爲徐大夫。」
《左傳・昭公三十年》「冬十有二月，吳滅徐，徐子章禹奔楚。」據此可知義楚
爲王在公元前 536 年之後，公元前 512 年之前。

〔註117〕董楚平：《吳越徐舒金文集釋》275 頁，浙江古籍出版社，1992 年 12 月。

〔註118〕董楚平：《吳越徐舒金文集釋》274 頁，浙江古籍出版社，1992 年 12 月。

睪（擇）余吉金

此處用「余」較爲罕見，一般作「擇其吉金」、「擇厥吉金」。陳雙新謂：「『余』在金文中絕大多數作第一人稱主格，少數作賓格……從不作器物的定語。」〔註119〕其說恐不可從，「余」字作定語例子不多，但金文中亦有所見，除本銘外，鄭大子之孫與兵壺，亦有「擇余吉金」之語。王人聰云：「此句之余亦係第一人稱，在此句中作定語。」〔註120〕文獻中亦不乏「余」作定語的例子，如：《左傳・成公二年》：「自始合，而矢貫余手及肘。」〔註121〕本銘與鄭大子之孫與兵壺中的「擇余吉金」之「余」爲定語無疑。

自酢（作）祭鍴（觶）

「酢」用作「作」。徐器銘文中常根據器物的用途，給一些字加偏旁，如徐王子旃鐘銘中「期」作「諆」。

用享于皇天及我文考

享，義爲祭享，《說文》「獻也」，《廣雅》「祀也」，《字彙》「祭也」；享還有孝養義，《爾雅》「孝也」，王引之《經義述聞・爾雅上》「享、孝並與養同義，故享又訓爲孝。」皇，《說文》：「大也。」文，指文德彰明，《書・文侯之命》：「追孝于前文人。」孔傳：「使追孝于前文德之人。」《國語・周語下》：「夫敬，文之恭也。」韋昭注：「文者，德之總名也。」「前文人」，是對已故祖先的尊稱，「文考」則是對已故父親的尊稱。

「𠭊（考）」字較爲特殊，不從「老」，與金文中其他「考」字不同。考，《說文》：「老也，從老省，丂聲。」本義爲老，後又引申表去世的父親，《釋名・釋喪制》：「父死曰考。」以辭例來看，「𠭊」字釋爲「考」決無疑議；字形上，左從「丂」，爲聲符，亦毫無問題，右從「𠂇（又）」卻難以解釋。這裡有兩種可能，「又」與「父」古文字字形相近，此處「𠂇」或即「父」字之訛，「𠭊」從父丂聲，當爲「考」之異體。不過也還有另外一種可能，即「又」、「攴」義近偏旁通用，「𠭊」即「攷」字。「攷」義爲敲打，《玉篇》「攷，今

〔註119〕陳雙新：《兩周青銅樂器銘辭研究》188頁，河北大學出版社，2002年12月。

〔註120〕王人聰：《鄭大子之孫與兵壺考釋》，《古文字研究》第二十四輯，中華書局，2002年7月。

〔註121〕韓崢嶸：《古漢語虛詞手冊》547頁，吉林人民出版社，1984年3月。

作考」，《廣雅》「擊也」，《說文》：「攷，敂也」（敂，《說文》：「擊也。」錢坫斠詮：「凡經典扣擊之扣皆當作敂。」）。「考」、「攷」皆爲「丂」聲，文獻中也常常換用〔註 122〕。

永保𠂤（台）身

「」字，或隸爲「㠯」，釋爲怡，借作臺，訓爲我〔註 123〕；或隸爲「𠂤」，釋爲予〔註 124〕。按，此字應隸爲「𠂤」，借作台，訓爲我。

子孫寶

郭沫若《大系》認爲「子孫寶」寶前缺一字，「當是範損，奪出一字，以彝銘語例推之，必爲永字無疑」；董楚平亦認爲寶前空缺一字位置，文句不通，「以彝銘語例推之，必爲永字」〔註 125〕。其實所謂空缺可能是因爲銘文在器腹處，不夠平坦，故拓片看似有空缺；且在金文中亦有不用「永」字者，如方彝作「孫子寶」、洹秦簋「子孫寶用」等。

韻讀：天、身，眞部，孝、寶，幽部。

（八）徐王義楚盤

著錄於《文物》一九八〇．八、《珍品展》二〇八、《銘文選》五七一、《集釋》三．十二、《集成》一〇〇九九等。現藏江西省博物館。

一九七九年四月，出土於江西省靖安縣水口大隊李家生產隊興山南坡旁的一處窖藏，同出的還有一件徐令尹者旨瞖爐盤及其枓。這是繼 1888 年在與靖安毗鄰的高安出土徐國有銘徐器義楚耑等以後，江西第二次出土具銘徐器〔註 126〕。此盤大口、折腰、廣腹、大平底，頸部有兩扁平獸首狀附耳。口沿內外飾纖細規整的雲雷紋，頸部布滿星點狀蟠虺紋，頸腹處間以一周繩索狀

〔註 122〕高亨：《古字通假會典》725 頁，齊魯書社，1989 年 7 月。

〔註 123〕郭沫若：《兩周金文辭大系考釋》163 頁，科學出版社，1957 年 12 月；《郭沫若全集．考古編第四卷．殷周青銅器銘文研究》91～92 頁，科學出版社，2002 年 10 月；董楚平：《吳越徐舒金文集釋》275 頁，浙江古籍出版社，1992 年 12 月。

〔註 124〕馬承源：《商周青銅器銘文選（四）》384 頁，文物出版社，1990 年 4 月。

〔註 125〕董楚平：《吳越徐舒金文集釋》275 頁，浙江古籍出版社，1992 年 12 月。

〔註 126〕江西省歷史博物館、靖安縣文化館：《江西靖安出土春秋徐國銅器》，《文物》，1980 年 8 期。

堆紋和雲雷紋組合，腹以下至器底飾瓦紋，附耳飾獸面紋與雲雷紋（圖一四）。器通高 14、口徑 37.6、底徑 15 釐米，重 4.5 公斤。李學勤認爲：「此器從形制紋飾看，屬春秋晚期。」〔註 127〕「商至春秋盤多有圈足，戰國以後多去圈足」〔註 128〕，此盤無圈足，正與器主義楚所處之春秋晚期相合。盤內底部正中有銘文兩行十二字，豎行左讀（圖一五）：

邻王義（儀）楚羼（擇）其吉金，自乍（作）盥（浣）盤。

自乍（作）盥（浣）盤

盥，舊釋「盟」〔註 129〕，《銘文選》、《集釋》等從之。林澐先生首先看出此字從「浾」（龍按：即「卷」字所從聲符。），假借爲「盟」〔註 130〕，後李家浩改隸此字爲「盥」，釋爲「浣」，正確地指出：「『浣』、『盟』聲近義通。《儀禮·士冠禮》『贊者盟於洗西』，鄭玄注：『古文盟皆作浣』。武威漢簡本《儀禮》『盟』亦多作『浣』。江陵鳳凰山八號漢墓遣冊有『浣盤』，是古代稱盟洗用的盤爲『浣盤』的確證。」〔註 131〕此說甚確，可從。

盤，爲洗手用的水器，與匜或盉等合用，洗手時上以匜或盉注水，下用盤承接洗手後的棄水。盤還可以用來盛冰保存食物。

（九）徐王義楚劍

此劍出土時間地點不詳，現藏日本東京出光美術館〔註 132〕，一說藏於日本大阪市立美術館〔註 133〕。

劍身已殘，在劍身有錯金鳥蟲書銘文 2 行 6 字（圖一六）〔註 134〕：

〔註 127〕李學勤：《從新出青銅器看長江下游文化的發展》，《文物》，1980 年 8 期。

〔註 128〕朱鳳瀚：《古代中國青銅器》131 頁，南開大學出版社，1995 年 6 月。

〔註 129〕江西省歷史博物館、靖安縣文化館：《江西靖安出土春秋徐國銅器》，《文物》，1980 年 8 期；李學勤：《從新出青銅器看長江下游文化的發展》，《文物》，1980 年 8 期。

〔註 130〕林澐：《新版〈金文編〉正文部分釋字商榷》，1990 年中國古文字研究會年會論文。

〔註 131〕李家浩：《信陽楚簡「澮」字及從「夬」之字》，見《著名中年語言學家自選集李家浩卷》194 頁，安徽教育出版社，2002 年 12 月。

〔註 132〕孔令遠：《徐國的考古發現與研究》，中國文史出版社，2005 年 9 月。

〔註 133〕曹錦炎：《鳥蟲書通考》196 頁，上海書畫出版社，1999 年 6 月。

〔註 134〕曹錦炎：《鳥蟲書通考》196 頁，上海書畫出版社，1999 年 6 月。

徐王義楚之用。

這是徐器中少見的鳥蟲書銘文，同樣使用鳥蟲書文字的還有之乘辰自鐘〔註135〕，詳見後文。孔令遠認爲，這是迄今爲止發現最早的帶有鳥蟲書銘文的徐國銅器。〔註136〕銘中「徐」、「楚」二字，上部稍殘。

（十）徐王義楚元子劍

著錄於《江漢考古》一九八五‧一、《集釋》三‧十四、《集成》一一六六八等。現藏襄陽市博物館。

出土於湖北省襄陽縣施坡大隊北部蔡坡山崗四號墓，該墓由湖北省博物館等單位於一九七三年發掘，是一座戰國早期的楚國墓葬。此劍（圖一七）出土時斷爲四段，全長53、寬4.6、柄長9.5釐米。劍首呈喇叭狀，內凹，莖圓柱形，莖上有兩周飾蟠螭紋的凸棱，臘寬，劍葉中間隆起成脊，兩鍔微撇；有二箍，箍上有花紋；寬格，凹形；隆脊〔註137〕。有人指出此劍「形制、技法與越國劍一致」〔註138〕。格上兩面有鑲嵌的銘文十六字（圖一七）：

郐（徐）王義楚之元子□，罤（擇）其吉金，自乍（作）用僉（劍）。

郐（徐）王義楚之元子□

□字，當是徐王義楚之子名，沈湘芳說：「後經考古研究所王世民等同志鑒定爲『爸』字。」〔註139〕李瑾認爲此字「上部從木，與右側之『楚』字上二『木』字形無別，其下部適漶損而模糊，細辨有似『口』字。如此，其字當是『杏』字」〔註140〕。黃錫全認爲此字「似爲反形羽字」〔註141〕。按此字殘漶過甚，無從辨讀。李瑾指出「元子」即嫡長子，並引《詩‧魯頌》「建爾元子，俾侯于魯」

〔註135〕又名「自鐘」、「自鐸」。
〔註136〕孔令遠：《徐國的考古發現與研究》，中國文史出版社，2005年9月。
〔註137〕湖北省博物館：《襄陽蔡坡戰國墓發掘報告》，《江漢考古》，1985年1期。
沈湘芳：《襄陽出土徐王義楚元子劍》，《江漢考古》45頁，1982年1期。
〔註138〕李國梁：《吳越徐青銅器概述》，《中國青銅器全集》，中國青銅器委員會編，文物出版社，1996年7月。
〔註139〕沈湘芳：《襄陽出土徐王義楚元子劍》，《江漢考古》45頁，1982年1期。
〔註140〕李瑾：《徐楚關係與徐王義楚元子劍》，《江漢考古》，1986年3期。
〔註141〕黃錫全：《湖北出土商周文字輯證》，武漢大學出版社，1992年10月。

來說明〔註142〕，可從。

（十一）僕兒鐘〔註143〕

此爲編鐘，傳世共有四件，陳雙新認爲從銘文字數來看此套編鐘最少應有六件〔註144〕。

甲器　孫星衍舊藏。著錄於《積古齋》三・三～五，稱「楚良臣余義鐘」；《攟古錄》三之一・六九，稱「余義編鐘」；《文存》一・二九～三〇；《韡華》（甲五）；《文錄》二・八，稱「僕兒鐘」；《雙劍誃》上一・一六，稱「儔兒鐘」；《大系》錄一七一～一七二、考一六三，稱「儆兒鐘」；《文存》一・五〇・二～五一・一，稱楚余義鐘；《通釋》四・五八二～五八四，稱「儆」兒鐘；《集釋》三・一五，稱「儔兒鐘」；《總集》七一一七；《銘文選》五七二甲；《集成》一八三，稱「余購逨兒鐘」等。本器銘文完整，可惜拓本不甚清晰，銘十九行七十四字，重文一（圖一八、一九）：

隹正九月初吉丁亥，曾孫僕兒，余迭斯于之孫，余聯🔲之元子，曰：「於嘑！敬哉！余義楚之良臣，而逨之字父，余購逨兒得吉金鎛鋁，台鑄訸鐘，台追考诜且，樂我父兄，歙飤訶遜，孫＝用之，後民是語。

乙器　北京故宮博物院藏。著錄於《錄遺》一・一～一・二、《總集》七一一九、《集釋》三・一五、《集成》一八四等。本器所存銘文最清晰，爲全銘的後半段，其前當有一鐘，有三十七字，重文一（圖二〇、二一）：

之字父，余購逨兒得吉金鎛鋁，台鑄訸鐘，台追考诜且，樂我父兄，歙飤訶遜，孫＝用之，後民是語。

丙器　上海博物館藏。著錄於《從古》十三・四，稱「周郹倪編鐘」；《攟古錄》三之一・七一；《愙齋》二・一二～一三；《奇觚》九・一四，稱「儔兒鐘」；《文存》一・三一；《簠齋》一・一一；《綴遺》二・二〇，稱「僕兒編鐘」；《大系》錄一七三；《小校》一・五九；《文存》一・五一・二～五二・一；《上

〔註142〕李瑾：《徐楚關係與徐王義楚元子劍》，《江漢考古》1986 年 3 期。

〔註143〕由後文可知，作器者，即「余」所指，應爲僕兒，他是迭斯於的孫子，聯🔲的大兒子，逨兒的父親。故此器應稱爲「僕兒鐘」，其他諸如楚良臣余義鐘、余義編鐘、儆兒鐘、儔兒鐘、余購逨兒鐘、周郹倪編鐘等稱呼，皆不合銅器命名慣例。

〔註144〕陳雙新：《兩周青銅樂器銘辭研究》62 頁，河北大學出版社，2002 年 12 月。

博》七九，稱「儀兒鐘」；《總集》七一一八；《集成》一八五；《銘文選》五七二乙等。據《銘文選》介紹：「器高 22.5、舞縱 8.2、舞橫 10.5、鼓間 9.6、銑間 12.6 釐米。本器銘文比較清晰，爲全銘的前半段，有三十字（圖二二、二三）：

　　隹正九月初吉丁亥，曾孫儀兒，余迖斯于之孫，余茲[字]之元子曰：「於嘑！敬哉！余

　　丁器（圖二四、二五），上海博物館藏。著錄於：《文存》一・三二；《貞松》一・二～三，稱「余義編鐘」；《大系》錄一七四；《小校》一六〇；《三代》一・五二・三～五三・一；《總集》七一二〇；《集成》一八六；《銘文選》五七二丙等。據《銘文選》介紹：「高 16.35、舞縱 7.05、舞橫 6.3、鼓間 8.6、銑間 11.45 釐米。本器銘文最模糊，有約十多字。銘文殘泐過甚，僅能認出「追孝」、「樂我父兄」、「是語」等字，當是本銘的最後部分。

　　結合四器，本文做摹本一份（圖二六），全銘可釋讀如下：

　　隹（唯）正九月初吉丁亥，曾孫僕兒，余迖斯于之孫，余聯[字]之元子，曰：「於嘑！敬哉！余義楚之良臣，而迖之字（慈）父，余購迖兒得吉金鎛鋁，台（以）鑄䣄（穌）鐘，台（以）追考（孝）徙（先）且（祖），樂（樂）我父兄，歓（飲）飤（食）訶（歌）邋（舞），孫=（孫子）用之，後民是語。

曾孫僕兒

　　「曾孫」，本義爲孫之子，引申爲對曾孫以下的統稱。《詩・周頌・唯天之命》：「駿惠我文王，曾孫篤之。」鄭箋：「曾，猶重也。自孫之子而下，事先祖皆稱曾孫。」僕，舊多隸定爲「儀」，郭沫若謂：「古人名多奇字，不能識」〔註145〕。《奇觚》釋爲「儔」，董楚平從之〔註146〕。按，釋「儔」與字形不合。《小校》、《綴遺》釋爲「僕」，卻是可信的。此字與「僕」字《說文》古文相近，與鄹鐘銘文中的「僕」字更爲相似，僅上部稍有不同，變得更爲簡化了。但簡化的上部與包山楚簡中的「僕」字所從極爲相像（參《楚文字編》156 頁）。此字爲「僕」無疑。

〔註145〕郭沫若：《兩周金文辭大系考釋》163 頁，科學出版社，1957 年 12 月。

〔註146〕董楚平：《吳越徐舒金文集釋》299 頁，浙江古籍出版社，1992 年 12 月。

余达斯于之孫，余聯 之元子

「达」不見於《說文》及後世字書。「」字或釋爲「幾」〔註147〕，或釋爲「絲」〔註148〕，或釋爲「茲」〔註149〕。按，細審拓片，其字下部相連，應是「聯」字。「聯」字由裘錫圭釋出，其《戰國璽印文字考釋三篇》一文對此字講得非常清楚〔註150〕。「」，郭沫若隸爲「路」，董楚平隸爲「絡」，讀作「佫」。按皆與字形不合，不可從。「达斯于」、「聯」皆爲人名，其人不可考。王輝指出：「徐、楚、吳、越諸國的王名很複雜，同一人既有夷式名，又有華化名。所謂夷式名可能即其自稱之名，華化名則可能是中原對其名的譯音或譯意。顧頡剛先生《楚、吳、越王之名、號、諡》（《史林雜識》）曾指出吳王僚又稱州於、吳王光又稱闔廬；又如吳王諸樊又稱『姑發』、『胡發』；又越王名『者旨於賜』即《史記‧越王句踐世家》之『鼫與』。达斯于、舟此于可能也是徐王的夷式名。」〔註151〕這一說法很有道理，但他將达斯于看作徐偃王，則僅是一家之說。

余義楚之良臣

器主既自稱爲「義楚之良臣」，則此器應鑄於義楚稱王以後之時，其年代也應爲春秋晚期。

而遾之字（慈）父

「遾」字所从之「乘」作「」，楚系文字之「乘」多作此形，與《說文》古文合。「遾」字、「达」字在銘文中可能就是「乘」、「夫」，本銘常在字上加表動作的「辶」、「彳」旁，如下文的「徙」即「先」，「邁」即「舞」。「字」，通「慈」。〔註152〕

〔註147〕郭沫若：《兩周金文辭大系考釋》163頁，科學出版社，1957年12月。

〔註148〕馬承源：《商周青銅器銘文選（四）》386頁，文物出版社，1990年4月。

〔註149〕董楚平：《吳越徐舒金文集釋》300頁，浙江古籍出版社，1992年12月。

〔註150〕裘錫圭：《戰國璽印文字考釋三篇》，《古文字論集》469頁，中華書局，1992年8月。

〔註151〕王輝：《徐銅器銘文零釋》，《東南文化》，1995年1期。

〔註152〕高亨：《古字通假會典》427頁，齊魯書社出版社，1989年7月。

余購逨兒

「購」字舊不識，郭沫若指出此字「當是動詞，殆即俾、使等字之義」
〔註153〕。董楚平認爲：「『逨』爲器主之子，器主之名不得有逨字。因此『購逨』
不得連讀，購字必爲動詞，字義尚待確詁。」〔註154〕後陳秉新釋此字爲「勘」，
意爲「勉力」〔註155〕。由此可知，作器者，即「余」所指，應爲僕兒。

吉金鏄鋁

「鏄鋁」，《銘文選》認爲鏄即鈽，就是銅餅；鋁即「餅金」之餅，「鏄鋁」
指銅〔註156〕；董楚平認爲：「鏄鋁」即「膚（膚）鋁」，意爲吉金〔註157〕，二人
之說都有一定道理，但並非確詁。陳世輝有新的解釋：「鏄」讀作「鏽」，「鏽」
與「樸」同義，意爲銅礦石；鋁，意爲銅坯，〔註158〕可從。

台（以）追考（孝）㳙（先）且（祖）

考，舊皆釋爲「孝」，細審拓片，此字並不從「子」，乃是「考」字，與王
孫遺鏂鐘等銘中的「考」字相同。「考」、「孝」音近可通，文獻中亦常換用。《史
記·三代世表》「孝伯」，《衛康叔世家》作「考伯」〔註159〕。

後民是語

「語」字，郭沫若認爲應假爲「敔」，「謂敔敔也」〔註160〕。董楚平指出：
「『敔敔』即捍禦，是武事，與上句文意不合。」他認爲「語」與吳器配兒句鑃
「先人是誃」之「誃」一樣，均應讀作娛〔註161〕。按此處「後民是語」直接按
字面解釋爲「告訴後民」，更爲順暢。

〔註153〕郭沫若：《兩周金文辭大系考釋》163頁，科學出版社，1957年12月。

〔註154〕董楚平：《吳越徐舒金文集釋》300頁，浙江古籍出版社，1992年12月。

〔註155〕陳秉新：《徐器銘文考釋商兌》，後文稱陳文，《東南文化》，1991年2期。

〔註156〕馬承源：《商周青銅器銘文選（四）》386頁，文物出版社，1990年4月。

〔註157〕董楚平：《吳越徐舒金文集釋》300頁，浙江古籍出版社，1992年12月。

〔註158〕陳世輝：《對青銅器銘文中幾種金屬名稱的淺見》，《于省吾教授百年誕辰紀念文集》
　　　　122頁，吉林大學出版社，1996年9月。

〔註159〕高亨：《古字通假會典》427頁，齊魯書社出版社，1989年7月。

〔註160〕郭沫若：《兩周金文辭大系考釋》164頁，科學出版社，1957年12月。

〔註161〕董楚平：《吳越徐舒金文集釋》301頁，浙江古籍出版社，1992年12月。

韻讀：父、鋁、且、舞、語，魚部。

（十二）徐令尹者旨謷爐盤

著錄於《文物》一九八○·八、《珍品展》二○七、《銘文選》五七五、《集釋》三·十三、《集成》一○三九一等。現藏江西省博物館。

出土時間、地點與上文徐王義楚盤同。此盤分爲盤體和底座兩部分。盤體平底，有兩個對稱的環鏈狀附耳，盤體形狀與河南信陽楚墓出土的「環鏈烘爐」相似。器表滿飾蟠虺紋狀的變形雲雷紋。底座環形，上置十個獸首銜環狀支柱，尾端上承盤體。環座與支柱均飾繩索狀線紋。此器形體較大，重達十六公斤，盤體口徑 55、深 8.5、底座直徑 45、盤與座通高 19 釐米，若提起環鏈耳，通高 36 釐米。(圖二七) 盤內底部中央有銘一行，共十八字 (圖二八)。關於此器的時代，李學勤認爲「從形制紋飾看，屬春秋晚期。」〔註162〕或認爲「就銘文和含義考察，其年代還可能稍早於義楚盥盤，而與山西出土的徐器庚兒鼎同時或稍晚」〔註163〕。

瘫君之孫，郐（徐）敀（令）尹者旨謷，羃（擇）其吉金，自乍（作）盧（爐）盤。

瘫君之孫

「瘫」字，見仁見智，異說紛呈。發掘報告認爲「似疾（雁）」〔註164〕；裘錫圭認爲「可能是隺字，隸定爲瘫」〔註165〕；李家和、劉詩中直接釋此字爲「雁」〔註166〕；馬承源主編的《商周青銅器銘文選》釋爲「瘫」，讀作「偃」〔註167〕；董楚平認爲「倘按原篆準確隸定當爲雁」，「也可隸定爲瘫」，爲「雁」

〔註162〕李學勤：《從新出青銅器看長江下游文化的發展》，《文物》，1980 年 8 期。

〔註163〕江西省歷史博物館、靖安縣文化館：《江西靖安出土春秋徐國銅器》，《文物》，1980 年 8 期。

〔註164〕江西省歷史博物館等：《江西靖安出土春秋徐國銅器》，《文物》，1980 年 8 期。

〔註165〕江西省歷史博物館、靖安縣文化館：《江西靖安出土春秋徐國銅器》注一，《文物》，1980 年 8 期。

〔註166〕李家和、劉詩中：《春秋徐器分期和徐人活動地域試探》，《江西歷史文物》，1983 年 1 期。

〔註167〕馬承源：《商周青銅器銘文選（四）》388 頁，文物出版社，1990 年 4 月。

之本字，和偃通〔註168〕；他們皆認爲「犹君」即徐偃王。李學勤隸定爲「雅」，讀爲「應」〔註169〕；李瑾與李學勤的看法相同，並認爲此器屬楚，時代應在戰國早期以後〔註170〕；陳公柔隸爲「雁」，釋爲「應」〔註171〕。李學勤、李瑾、陳公柔等都認爲「犹君」是「應君」。按，「犹」字的解釋關乎到此器的國別及斷代，十分重要。先來看看此字的隸定，此字所從「疒」與班簋（集成4341）「瘠」、國差繪「疣」所從同，應爲「疒」。疒「從人從爿，爿爲床之象形初文，字以人臥床上會疾病意，爲疾病之疾的初文」〔註172〕。此字所從「人」稍有變形。董楚平看出此字從「疒」十分正確，然將「爿」從「疒」中離析出來，並認爲是「俎字之省」則是錯誤的。所從「隹」旁，裘錫圭、李學勤等皆隸爲「隹」，但金文「隹」字無一作「隹」形者。彭適凡將此字釋爲「疾」〔註173〕，與字形亦有不安。不過此形與「隹」最爲接近，考慮到徐器銘文字形與中原地區國家相比，多有變形，可暫從裘錫圭等隸爲「雅」。雅字不見於《說文》，《字彙·疒部》有此字，釋爲「病名」。李學勤等人認爲此字爲「應」。董楚平不同意這一觀點，他認爲現有十多件應器「應」字，多作「雁」形，無一從「疒」，甲骨文中也有「應國」之「應」，丁山隸定爲「雁」〔註174〕，這些「應」字當隸定爲「雁」、「雁」〔註175〕。鷹、雅、雁諸字關係頗爲混亂，李守奎師《讀〈上海博物館藏戰國楚竹書（二）〉雜識》對這幾個字論述頗詳〔註176〕，李師指出：古文字中「大雁」之「雁」作「鳶」，從鳥，彥省聲，而「雁（雁）」、

〔註168〕董楚平：《吳越徐舒金文集釋》285～287頁，浙江古籍出版社，1992年12月。

〔註169〕李學勤：《從新出青銅器看長江下游文化的發展》，《文物》，1980年8期。

〔註170〕李瑾：《楚器〈鄩命尹爐〉「應君」封地及其它問題匯考》，《江漢考古》，1989年3期。

〔註171〕陳公柔：《徐國青銅器的花紋、形制及其它》267～268頁，《吳越地區青銅器研究論文集》，馬承源主編，香港兩木出版社，1997年。

〔註172〕董蓮池：《說文部首形義通釋》203頁，東北師範大學出版社，2000年7月。

〔註173〕彭適凡：《有關江西靖安出土徐國銅器的兩個問題》，《江西歷史文物》，1983年2期。

〔註174〕丁山：《甲骨文所見氏族及其制度》125～126頁，中華書局，1988年4月。

〔註175〕董楚平：《吳越徐舒金文集釋》286～287頁，浙江古籍出版社，1992年12月。

〔註176〕李守奎：《讀〈上海博物館藏戰國楚竹書（二）〉雜識》，《上海博物館藏戰國楚竹書研究續編》479～480頁，上海書店出版社，2004年。

「雁（ ）」，卻是「鷹」之本字，亦即《說文》的「雅」字。「」是否為「隹」，「」字是否能隸為「雅」，還是值得考慮的。以上諸家對此字的解釋，皆有未安之處，此字還應作進一步的考慮。

徐器中，多稱「徐王」，此處卻稱「君」。對此董楚平作了很好的解釋：「君，不是戰國時期才有的一國之內地方封君。《論語・公冶長》：『崔子弒齊君』，齊君指齊莊公。《論語・述而》：『夫子為衛君乎？』又《子路》『衛君待子而為政』。這兩處的衛君皆指衛出公輒。春秋時人，不僅稱當時的國君為君，而且稱上古傳說時代的帝王為君，如《論語・泰伯》：『大哉堯之為君也！』《史記・吳世家》記季札遇徐王也稱『徐君』。」〔註177〕而且，徐器銘文中還有稱「徐君」的，如徐器次□缶蓋銘，與此相同。

郤（徐）敆（令）尹者旨蟄

敆，楚系文字或作「敨」，「皆為令長之令」〔註178〕。「令尹」這一官名非中原所有，楚國常用，亦見於徐器。者旨，李學勤指出即「諸稽」，為祝融八姓之一〔註179〕。「蟄」字舊多隸定為「蟄」，誤。其上部所從之「」，為「刱」，見於說文。此字從刱從田，不識。或釋為「型」〔註180〕、或釋為「荊」〔註181〕。此字又見於楚之蟄簹鐘，朱德熙將「蟄簹」讀為「荊歷」，即楚歷〔註182〕。讀此字為「荊」較有道理。

自乍（作）盧（爐）盤

「盧（爐）盤」，是一種燃炭的取暖用具，相當於今天的火盆、燎爐。值得注意的是同出的一件與爐盤配套使用的銅器。這件銅器狀似簸箕，有短柄，柄中空，可裝木柄，箕底和兩側鑄鏤方形孔九十九個，發掘報告稱此器為枓（圖

〔註177〕董楚平：《吳越徐舒金文集釋》287頁，浙江古籍出版社，1992年12月。

〔註178〕李守奎：《楚文字編》206頁，華東師範大學出版社，2003年12月。

〔註179〕李學勤：《從新出青銅器看長江下游文化的發展》，《文物》，1980年8期。

〔註180〕江西省歷史博物館、靖安縣文化館：《江西靖安出土春秋徐國銅器》，《文物》，1980年8期；李瑾：《楚器〈郤命尹爐〉「應君」封地及其它問題匯考》，《江漢考古》，1989年3期。

〔註181〕李學勤：《從新出青銅器看長江下游文化的發展》，《文物》，1980年8期。

〔註182〕朱德熙：《蟄簹屈棟解》，《朱德熙文集第五卷》113頁，商務印書館，1999年9月。

二七）。科爲挹水器，此器有孔，不應是科，實爲鏟炭用的簸箕，或稱爲漏鏟、
炭鏟。〔註 183〕

五、徐王章禹器群

（十三）徐王禹父盥

本器又名徐王⻊又盥、徐王宋又觶。著錄於《奇觚》一七・三四～三五、
《貞松》中・一二、《文存》五・一三六後、《小校》五・九八・一、《大系》錄
一七〇、《三代》一四・五五・四、《通考》四〇七頁，圖五九一、《通釋》四・
五六七、《總集》六六三〇、《故圖》下下四〇九、《集釋》三・八、《集成》六
五〇六等。現藏臺灣省「中央博物院」。

此盥與義楚盥、徐王義楚盥同出，時代應相距不遠，義楚盥、徐王義楚盥
當春秋晚期魯昭公之時，陳公柔認爲從紋飾上看此盥應早於義楚二盥〔註 184〕，
爲一家之言。此器高 19.2，深 17.4，口徑 8.8，腹圍 17、底徑 5.3 釐米。腹外有
銘文兩行十字（圖二九）：

邾（徐）王禹（⻊）父（𠂤）之盥（觶）。盥（觶）溉之𢆶。

邾（徐）王禹（⻊）父（𠂤）之盥（觶）

此「盥」字在腰部紋飾以下，其他九字皆在紋飾之上。

「⻊」字，李學勤釋爲「宋」〔註 185〕；董楚平釋爲「禹」，並云「『禹又』
其人無可考」〔註 186〕，劉心源將「⻊又」釋爲「戊父」，說「戊父，邾王名，
不知何時人。然此器與邾王義楚鍴同出一穴，義楚即《左傳》之儀楚，則此
亦春秋時人也。《左》昭十六年傳：『齊侯伐徐，徐人行成，徐子及剡人、莒
人會齊侯，盟于蒲隧，賂以甲父之鼎。』鼎名甲父，鍴名戊父，且並是徐器，

〔註 183〕彭適凡：《談江西靖安徐器的名稱問題》，《文物》，1983 年 6 期；《有關江西靖安
　　　　出土徐國銅器的兩個問題》，《江西歷史文物》，1983 年 2 期。

〔註 184〕陳公柔：《徐國青銅器的花紋、形制及其他》，《吳越地區青銅器研究論文集》267
　　　　頁，香港兩木出版社，1997 年。

〔註 185〕李學勤：《從新出青銅器看長江下游文化的發展》，《文物》，1980 年 8 期。

〔註 186〕董楚平：《吳越徐舒金文集釋》272 頁，浙江古籍出版社，1992 年 12 月。

時代亦可想矣」〔註187〕。

按「武」字與「戊」差別甚明（可參《金文編》964頁），應非「戊」字。「宋」字在甲骨文中寫作木、木等形。金文中未見單獨出現的「宋」字，而於「秾」、「姉」等字中用為偏旁的「宋」多見，作木、木、木、木等形。李學勤先生將「武」字釋為「宋」，未展開說明，應該是看到「武」字與木、木、木、木等形的「宋」旁有相似之處。然無論釋讀「宋又」還是釋讀為「戊父」，其人在文獻中皆不可考。董楚平將其釋為「禹」。「禹」字上部一筆多向下彎曲（可參《金文編》958頁），但也有如本銘此字向上彎曲者，如弔向簋銘中的「木」字。其下部雖有不同，但由「木」——「武」的變化，在文字發展中是較為常見的，如「萬」字：萬（白者君盤）——萬（魯大司徒元盂），萬（伯頵父鼎）——萬（秦公簋），就是這種情況。故釋「禹」說值得注意。不過「禹又」同樣不見於傳世文獻。

「又」字是常見的又字寫法，本無可疑。而劉心源卻將其釋為「父」字，也許並非全無道理，可惜劉氏並未展開論述。徐國銅器銘文的文字較有特點，如多反書文字等。考察徐國銅器銘文中的父字（旁），其中固然有寫法較為標準的父字，如沇兒鎛中的父字，但也有寫法較為草率的父字，如徐王子旃鐘之父字。前文論及徐王義楚耑，其銘文中有「徐王義楚，擇余吉金，自作祭觶，用享于皇天，及我文考」之文，其中「文考」之「考」較為特殊，寫作「考」形，「考」字釋為「考」決無疑議，右從「又（又）」卻難以解釋。「又」與「父」古文字字形相近，此處「又」或即「父」字之訛，「考」從父丂聲，當為「考」之異體。由此來看，將「禹又」釋為「禹父」也許並非完全沒有可能。父字作為男性美稱、尊稱，古來習見。

徐王「禹父」可能就是徐王章羽。徐器銘文中有「郤（徐）王之子利之元用又」之文，「利」字，或釋為「羽」，疑其人為徐王章羽〔註188〕。「利」字之形與「羽」字不合，實是反書的「利」字，詳見後文。章羽為最後一代徐王，見於傳世文獻，其中春秋經寫作「章羽」，而《左傳》、《公羊傳》、《漢書》等皆寫作「章禹」。《春秋·昭公三十年》：

〔註187〕劉心源：《奇觚室吉金文述》第17卷，35頁。

〔註188〕董楚平：《吳越徐舒金文集釋》302頁，浙江古籍出版社，1992年12月。

冬十有二月，吳滅徐，徐子章羽奔楚。

《左傳·昭公三十年》：

> 吳子怒。冬十二月，吳子執鐘吾子。遂伐徐，防山以水之。己
> 卯，滅徐。徐子章禹斷其髮，攜其夫人，以逆吳子。吳子唁而送之，
> 使其邇臣從之，遂奔楚。楚沈尹戍帥師救徐，弗及。遂城夷，使徐
> 子處之。

徐王儀楚與徐王章禹，很可能是相鄰的兩代徐王，此耑與義楚耑、徐王義
楚耑同出，其器主所處時代應相距不遠，因此無論將此徐王釋為「禹父」還是
「禹又」，皆不妨礙將其與傳世文獻所記載的徐王章禹聯繫起來。如「徐王禹父」
果為「徐王章禹」，則此耑時代應在義楚耑之後。

耑（觶）溉之 紫

後面這幾個字，多缺釋。董楚平引劉心源說：「溉之盤者，《詩》：『溉之
釜鬵』（《檜風·匪風》——原文注），《傳》『滌也。』《周禮·大宗伯》『宿眠
滌濯』，注：『滌濯，溉祭器也。』祭器必溉，故銘語云然。盤，從 此，即般
反形，從『朩』，即皿省形。」並認為：本銘分兩句，第一句說明此耑是屬
徐王的，第二句說明耑要在盤裏洗滌，第二句的「之」字釋為「於」。〔註189〕
按「皿」字未見有作「朩」形者，此形應為火，釋「盤」與字形不合，且觶
為禮器，怎會將洗滌這樣的事銘於其上呢？

此銘雖較為簡短，但有關鍵字難以釋讀，尚有待研究。

（十四）徐醓尹鉦

著錄於《文存》一·七六、《貞松》一·二○、《韡華》甲·九、《文錄》四·
三四、《雙劍誃》下三·一七、《大系》錄一七五～一七六、考一六三、《小校》
一·一○○、《文存》一八·三·二～四·一、《積微居》二一○、《通釋》四·
五八五～五八七、《總集》七二一八、《銘文選》五七四、《集釋》三·十一、《集
成》四二五等。現藏上海博物館。

對此器的稱呼，多有不同：張鳴珂《寒松閣題跋》稱「鐸」、《三代》、《貞
松》、《小校》等稱「句鑃」，《集釋》、《集成》等按其自名稱「征城」，李學勤稱

〔註189〕董楚平：《吳越徐舒金文集釋》273頁，浙江古籍出版社，1992年12月。

「鉦鋮」，稱「鉦」者爲多，有郭沫若、容庚、馬承源、朱鳳瀚等人，本文從後一種。

鉦，「是我國南方吳、越、徐、楚的特有樂器」〔註190〕，屬手執敲擊樂器，柄中空上下通，以柄下口上爲順，小者手持，大者可植於座。李學勤說：「口向上的敲擊樂器鉦，即鉦鋮，爲軍中所用，可能是繼承商和西周初南方銅鐃的傳統。鉦鋮之名到漢代仍在使用。」〔註191〕《說文》：「鐃也，似鈴，柄中上下通。」又云：「鐃，小鉦也。」據《說文》則鉦、鐃形近，唯大小有別。羅振玉、容庚、朱鳳瀚等人對此都作了批駁，指出鉦與鐃不同〔註192〕。出土器物未見有自名鐃者，本器自名征城，同類器還有自名「鉦鏈」的（冉鉦鋮，集成 428）。鉦在典籍中亦稱丁寧，「《左傳·宣公四年》：『伯棼射王，汰輈，及鼓跗，著于丁寧。』杜預注：『丁寧，鉦也。』《國語·吳語》：『王乃秉枹，親就鳴鐘、鼓、丁寧、淳于，振鐸。』韋昭注：『丁寧，謂鉦也。』」「丁寧，鉦鏈都是鉦的合音。」〔註193〕句鑃，馬承源說「實即鉦的別名」〔註194〕；容庚、張維持指出句鑃僅是「形制於鉦相似」，但卻仍將其列於鉦下〔註195〕；朱鳳瀚則認爲：「根據其形制與鉦的差異及流行的地域性，還是應將其單列爲一種。以其自名名之爲妥。」〔註196〕此器稱爲鉦鋮或鉦皆無不可。

此鉦郭沫若疑與上文三耑同出，詳情見前文。時代應爲春秋晚期。陳公柔云：「銘文中凡自稱『自作征城』者，一般皆爲戰國之器，此爲徐器，不能晚至戰國，則應爲『征城』中較早的器。」〔註197〕此鉦殘高 20.1、舞縱 10.7、舞橫 11、于縱 12.8、于橫 13.7 釐米。銘文在正反兩欒之上，有殘泐，共五行四十三

〔註190〕李國梁：《吳越徐青銅器概述》，《中國青銅器全集》，文物出版社，1996 年 7 月。

〔註191〕李學勤：《東周與秦代文明》155 頁，文物出版社，1984 年 6 月。

〔註192〕羅振玉：《貞松堂集古遺文》一：二，轉引自下容庚、朱鳳瀚二書；容庚、張維持：《殷周青銅器通論》72 頁，文物出版社，1984 年 10 月；朱鳳瀚：《古代中國青銅器》250 頁，南開大學出版社，1995 年 6 月。

〔註193〕容庚：《殷周青銅器通論》72 頁，文物出版社，1984 年 10 月。

〔註194〕馬承源：《中國青銅器》287 頁，上海古籍出版社，2003 年 1 月。

〔註195〕容庚、張維持：《殷周青銅器通論》72 頁，文物出版社，1984 年 10 月。

〔註196〕朱鳳瀚：《古代中國青銅器》250 頁，南開大學出版社，1995 年 6 月。

〔註197〕陳公柔：《徐國青銅器的花紋、形制及其他》，《吳越地區青銅器研究論文集》269 頁，香港兩木出版社，1997 年。

字〔註198〕（圖三〇、三一）：

　　佳（唯）正月初吉，日才（在）庚，郐（徐）醓尹者（諸）故 🏹，自乍（作）征（鉦）城（鍼）。次唬（吾）爵祝、備、至（箭）、鎩（劍）兵。枼（世）萬子孫，沬（眉）壽無疆。朙皮（彼）吉人享，士余是尚。

佳（唯）正月初吉

　　首字殘，照金文慣例，爲「佳」無疑，據放大圖片尚有「佳」字下部些許筆劃殘存。郭沫若認爲：「月下有重文」，斷句爲「佳正月，月初吉，日才（在）庚」，謂月重文是「故意以三字爲句取韻律也」〔註199〕。對此觀點，董楚平等人皆未採納。細究放大的拓片，「正月」二字處皆有殘泐，不知究竟，可備一說。

郐（徐）醓尹者（諸）故 🏹

　　醓字，高田忠周釋「詔」〔註200〕，郭沫若隸爲「譖」〔註201〕，李學勤隸爲「醓」〔註202〕，董楚平釋爲「茜」〔註203〕，陳秉新釋爲「訧」〔註204〕，趙平安隸爲「醓」，視爲「醓」字異體，認爲與「醢」同義，都是牲肉做成的肉醬，「作爲職官，醓大概與醢人相當，只是叫法不同而已」〔註205〕。按，趙氏之說可從。此字的釋出頗爲曲折，陳秉新能將「酓」與此字聯繫起來，並正確地釋出了「尤」旁，離眞相只一步之遙，趙平安將此字與包山 138、165、177 等簡上的「醓」聯繫起來，並吸收了李家浩、黃德寬、徐在國等人的研究成果

〔註198〕董楚平：《吳越徐舒金文集釋》276 頁，統計銘文字數爲四十二字，是因爲沒計入第一個半殘的「佳」字，浙江古籍出版社，1992 年 12 月。

〔註199〕郭沫若：《兩周金文辭大系考釋》164 頁，科學出版社，1957 年 12 月。

〔註200〕高田忠周：《古籀篇》卷五十二，第三十九頁。轉引自陳秉新：《銅器銘文考釋六題》，《文物研究》第十二輯，黃山書社，2000 年 1 月。

〔註201〕郭沫若：《兩周金文辭大系考釋》164 頁，科學出版社，1957 年 12 月。

〔註202〕李學勤：《從新出青銅器看長江下游文化的發展》，《文物》，1980 年 8 期。

〔註203〕董楚平：《吳越徐舒金文集釋》279～280 頁，浙江古籍出版社，1992 年 12 月。

〔註204〕陳秉新：《銅器銘文考釋六題》，《文物研究》第十二輯，黃山書社，2000 年 1 月。

〔註205〕趙平安：《釋「酓」及相關諸字》，《古文字研究》第二十四輯，中華書局，2002 年 7 月。

（識出了「尤」旁），終於釋出了此字。

「者」，郭沫若認爲此字非「者」，應存疑〔註206〕，馬承源主編《銘文選》從之〔註207〕。按，此字釋「者」無疑，已成定論，董楚平指出：「徐舒吳越人名首字常用『者』，即諸字。」〔註208〕「 」字不識，唯《商周彝器通考》釋爲「熙」〔註209〕，與字形不合。「醓尹」爲官名，「者（諸）故 」爲人名。

次唬（吾）爵祝、偁、至（箭）、鐱（劍）兵

前四字，郭沫若釋爲「次者（諸） 祝」，認爲「 祝」即「斧（父）祝（兄）」〔註210〕，楊樹達釋爲「次者□祝」〔註211〕，馬承源主編《銘文選》釋爲「次臿升祝」〔註212〕，董楚平引了諸家之說，未加評論〔註213〕，皆沒有解釋文意。按「 」上部可能殘缺筆劃，似是「次」字。「 」釋「者」誤，是「唬」字，楚系文字多見（《楚文字編》75頁），在此應讀爲「吾」。「 」字，郭沫若釋爲「斧（父）」應是根據後面「祝」釋「兄」而作的臆測。此字又見於郘客銅量、上博簡·緇衣15號簡，應隸爲「 」，釋爲「爵」〔註214〕。此處應讀爲「戔」。「爵」爲精母藥部、「戔」爲精母元部，且二者皆與「截」通（可參《古文字通假會典》802頁），故「爵」在此可讀爲「戔」。「戔」有眾多意，如《易·賁》：「賁于丘園，束帛戔戔。」疏：眾多也。「 」，金文編隸爲「羂」與字形不合〔註215〕，還應隸爲「祝」。「祝」，應爲从矛兄聲之字，可能指某種矛類的兵器。

〔註206〕郭沫若：《兩周金文辭大系考釋》164頁，科學出版社，1957年12月。

〔註207〕馬承源：《商周青銅器銘文選（四）》388頁，文物出版社，1990年4月。

〔註208〕董楚平：《吳越徐舒金文集釋》280頁，浙江古籍出版社，1992年12月。

〔註209〕轉引自董楚平：《吳越徐舒金文集釋》280頁，浙江古籍出版社，1992年12月。

〔註210〕郭沫若：《兩周金文辭大系考釋》164頁，科學出版社，1957年12月。

〔註211〕楊樹達：《積微居金文說》210頁，中華書局，1997年12月。

〔註212〕馬承源：《商周青銅器銘文選（四）》388頁，文物出版社，1990年4月。

〔註213〕董楚平：《吳越徐舒金文集釋》280頁，除上引《大系》、《銘文選》、《積微居金文說》外，還引了《小校》釋爲「者父祝」，浙江古籍出版社，1992年12月。

〔註214〕李守奎：《楚文字編》315頁，華東師範大學出版社，2003年12月；馮勝君：《讀上博簡札記二則》，《上博館藏戰國楚竹書研究》，上海書店出版社，2002年3月。

〔註215〕林澐：《新版〈金文編〉正文部分釋字商榷》，1990年中國古文字研究會年會論文。

後四字，楊樹達釋爲「儆至鐱（劍）兵」，並云：「語殊難解」。他訓「儆」爲「備」〔註216〕，馬承源不同意此說，他認爲「儆」與「警」通，訓爲「戒」，「至」讀爲「致」，「儆至鐱（劍）兵」乃用兵宜愼之意。王輝釋「」爲「備」，訓爲「愼」〔註217〕。按，釋「儆」與字形不合，釋「備」較有道理，但訓「愼」或有可商。「備」又寫作「俻」，甲、金文爲「箙」的象形，爲盛矢之器。「至」（至）與「至」字《說文》古文合。至，《說文》「鳥飛從高下至地也」，羅振玉《雪堂金石文字跋尾》認爲，象矢遠來至地之形。至，在此可能表箭矢之類。「晉」字上從「銍」，而晉文獻中常與「箭」通（參《古字通假會典》八十四頁），亦可爲之證。「次」有次序、順序、行列、位等意，「次比」即意爲並列、同等對待。「次唬（吾）爵祝、俻、至（箭）、鐱（劍）兵」等可能是指（將此鉦鋮）與我眾多的兵器同等對待的意思。鉦爲軍中所用樂器，故有此語。

嵒皮（彼）吉人享，士余是尚

「嵒」字上殘，下從皿。吉人，意爲善人、賢人。《易‧繫辭下》：「吉人之辭寡。」《詩‧大雅‧卷阿》：「藹藹王多吉士。」「是尚即經典之是常。《詩‧魯頌‧閟宮》：『魯邦是常。』……常意爲久、恒，永守不變。」〔註218〕

「士余是尚」其義難明，陳秉新認爲乃是動賓結構賓語提前的一種特殊句式，它不僅把賓語「士」提在動詞「尚」之前，而且還提到了主語「余」之前，「士余是尚」即「余士是尚」、「余唯士是」，與《楚辭‧天問》「久（古文厥的誤字——原文注）余是勝」句式相同。〔註219〕

韻讀：庚、城、祝、兵、享、尚，陽部，城在耕部，陽耕合韻。

六、徐王之子利器群

（十五）徐王之子利戈

著錄於《錄遺》五七〇、《總集》七五〇六、《銘文選》五七六、集釋》三‧

〔註216〕楊樹達：《積微居金文說》210 頁，中華書局，1997 年 12 月。

〔註217〕王輝：《徐銅器銘文零釋》，《東南文化》，1995 年 1 期。

〔註218〕馬承源：《商周青銅器銘文選（四）》388 頁，文物出版社，1990 年 4 月。

〔註219〕陳秉新：《讀徐器銘文札記》，《東南文化》，1995 年 1 期。

十六、《集成》一一二八二等。現藏故宮博物院。

此戈時代不明；通長 19.8、援長 13.8、內長 5、欄長 10.3 釐米；有銘一行九字，字皆反書（圖三二上），將其拓本翻轉（圖三二下），全銘釋讀如下：

郐（徐）王之子利之元用 Ψ。

「舟」字，或釋爲「羽」，疑其人爲徐王章羽〔註220〕。按此字字形與「羽」不合，《銘文選》此字闕疑〔註221〕。徐國銅器銘文中，字多反書，前文提及吳振武先生據此釋出徐王糧鼎中的「魚」字，非常精彩。此銘九個字中除難辨正書反書的「王」字，及未識之「Ψ」字外，僅一「元」字正書，其他諸字皆爲反書。唐鈺明先生據此釋出「舟」字實爲「𣏚（利）」字反書，可從，可參看徐國銅器次□缶蓋銘文中之「利」字〔註222〕。惜唐先生此說未被學界廣泛認同，可從，或仍將此字釋「羽」〔註223〕，可能是基於釋「羽」可附會徐王章羽之故。釋「利」之說於字形吻合，且徐器中有名「利」之人，故此字爲「利」無疑。此處「徐王之子利」，結合次□缶蓋銘文中之「郐（徐）頯君之孫，利之元子次□」來看，郐（徐）頯君應爲徐王，而「利」也是徐王之子。

「Ψ」字不識，因器爲戈，舊多釋此字爲「戈」〔註224〕，但釋「戈」與字形不合。《銘文選》此字亦闕疑。

「元用」常出現在武器銘文中，郭沫若認爲：「元者善之長也，是頂好的意思，『元用』大約就是頂好的武器吧」〔註225〕。杜迺松說：「元有大義，元用即大用」〔註226〕。按杜訓「元」爲「大」，恐不可從。金文中「元」有單用的，

〔註220〕董楚平：《吳越徐舒金文集釋》302 頁，浙江古籍出版社，1992 年 12 月。

〔註221〕馬承源：《商周青銅器銘文選（四）》388 頁，文物出版社，1990 年 4 月。

〔註222〕唐鈺明：《銅器銘文釋讀二題》，《第二屆國際中國古文字學研討會論文集》，香港中文大學，1993 年；又見《著名中年語言學家自選集·唐鈺明卷》99 頁，安徽教育出版社，2002 年 4 月。

〔註223〕孔令遠：《徐國青銅器群綜合研究》，見《考古學報》2011 年第 4 期。

〔註224〕董楚平：《吳越徐舒金文集釋》302 頁，浙江古籍出版社，1992 年 12 月；陳公柔：《徐國青銅器的花紋、形制及其他》，《吳越地區青銅器研究論文集》265 頁，香港兩木出版社，1997 年。

〔註225〕郭沫若：《奴隸制時代》131 頁，科學出版社，1956 年 11 月。

〔註226〕江蘇省吳文化研究會：《吳文化研究論文集》134 頁，中山大學出版社，1988 年 8

如：「元戈」（鬭仲之子伯剌戈等）、「元徒戈」（虢太子元徒戈等），釋「大」不妥。「元」在此應訓爲「善」。《左傳・文公十八年》：「高辛氏有才子八人……天下之民，謂之八元。」杜預注：「元，善也。」

（十六）次□缶蓋

著錄於《東南文化》（1988・3〜4）、《集釋》三・二十等。現藏南京博物院。

出土於江蘇省丹徒縣北山頂（又名背山頂或背頂山）春秋墓（84DBM）墓道中，該墓由江蘇省丹徒考古隊於 1984 年 5 月發掘，應是一處春秋晚期墓葬。同出的有銘銅器還有遷邟鼎一件、遷邟鐘十二件（其中鎛鐘五件、紐鐘七件）、餘昧矛一件，與此缶合稱北山四器。缶蓋出土時在一件蟠螭紋缶上（圖三三），但「缶蓋的內徑大於缶口外徑，造型、紋飾與缶殊異，且銅色與鏽色也大相徑庭，顯然係後配」〔註227〕。缶蓋外徑 18.7、內徑 18.1 釐米，蓋上立三環鈕，中爲漩渦紋；周圍有銘文三圈，由內向外環讀，計三十二字，其中重文二（圖三四）：

邾（徐）顝君之孫，利之元子次□（以上銘文在內圈），䍀（擇）其吉金，自乍（作）卝（卯）缶。沬（眉）壽無異（期），子＝孫＝（以上銘文在中圈），永保用之（此四字在外圈）。

邾（徐）顝君之孫

「邾」和與其相連的「□」字被鏟刮過，發掘報告說：『『尸祭』二字被鏟刮過，由於器壁薄，鏟時將蓋鏟破，於是在蓋的反面用銅汁澆補，幸而二字得以保存，只是『尸』的下部被鏟掉，『尸祭』二字較其他字筆劃爲細。」〔註228〕被鏟刮過的兩個字不是「尸祭」。「□」字殘損過甚，難以識讀，但應爲作器者之名；另一個隱約可辨爲「邾」。本蓋有三個環鈕，曹錦炎的《北山銅器新考》（下文稱《新考》）指出三圈銘文應從其中的同一個蓋鈕處起讀，每圈首字分別

月。

〔註227〕江蘇省丹徒考古隊：《江蘇丹徒北山頂春秋墓發掘報告》，《東南文化》，1988 年 3〜4 合期。

〔註228〕江蘇省丹徒考古隊：《江蘇丹徒北山頂春秋墓發掘報告》，《東南文化》，1988 年 3〜4 合期。

爲「徐」、「擇」、「永」〔註229〕。曹說甚確，後文「永」字爲與「徐」、「擇」保持一致而提前，距離後文較遠，可爲之證。「郤」字應出於首字位置，不應與「□」字連讀。將這兩個字連讀，並釋爲「尸祭」是不正確的。

「▨（顅）」字周曉陸、張敏的《北山四器銘考》（後文稱《銘考》）認爲左上所從爲「氏（氒）」、左下爲「口」、右上從「首」、右下從「手」，當隸定爲「馘」，讀爲「厥」，「馘君」即吳君「去齊」〔註230〕；《新考》將此字隸爲「頜」，讀爲「駒」。徐駒王是徐國歷史上赫赫有名的君主，《禮記・檀弓》載：「邾婁考公之喪，徐君使容居來弔含，……容居對曰：『……昔我先君駒王西討，濟於河』」。曹錦炎認爲「徐駒君」，即「徐駒王」；商志醰的《次□缶銘文考釋及相關問題》（後文稱《問題》）也釋此字爲「頜」，引《玉通》，訓「頜」爲「勤」〔註231〕。按劉興《丹徒北山頂舒器辨疑》（後文稱《辨疑》）〔註232〕認爲「▨」並非「氏」字。但「辨疑」將此字隸爲「頜」也是不妥的。此字所從的「▨」與「丩」亦異，《新考》釋「頜」也缺乏說服力，「▨君」難以斷定就是徐駒王。此字與郭店・語叢一31、97、包山190、仰天壺25・30、望山2・47等簡上的「▨」字較爲相似。「▨」字過去隸爲「廈」、「蔑」，釋「麈」。趙平安指出將語叢一與今本《禮記・坊記》對照，可知「它記錄的是語言中的『文』這個詞」〔註233〕。對於它何以能記錄「文」卻並不清楚。本銘此字似可隸定爲「顅」，從頁沒有什麼疑義，口旁、日旁也常混用，「▨」與「民」形的主體眼目形，非常相近，可看作民之省。「顅」字，同「頢」。《集韻・魂韻》：「頢，《說文》：『繫頭殟也』，或從昏。」頢爲一種病名，意爲昏迷無知。古人以病名爲名，並不罕見，如包山177簡中「瘇」，前面所講的「徐瘇君」之「瘇」都有這種情況。如果此字確爲「顅」字，那它能記錄「文」也就不足爲奇了，因爲「顅」字應爲「民」聲，而民和文音近可通，如「文」聲之「玟」與「民」聲之「瑉」即可通〔註234〕。

〔註229〕曹錦炎：《北山銅器新考》，《東南文化》，1988年6月。

〔註230〕周曉陸、張敏《北山器銘考》，《東南文化》，1988年3～4期。

〔註231〕商志醰：《次□缶銘文考釋及相關問題》，《文物》，1989年12期。

〔註232〕劉興：《丹徒北山頂舒器辨疑》，《東南文化》，1993年4期。

〔註233〕趙平安：《郭店楚簡與商周古文字考釋》，《古籍整理研究學刊》，2003年1期。

〔註234〕高亨：《古字通假會典》151頁，齊魯書社，1989年7月。

利之元子次□

「利」字《銘考》釋爲「剩」，進而推斷「剩」即吳王壽夢，董楚平從之；《辨疑》、《新考》等文已指出其非。此字爲利無疑，楚簡中「利」多作此形（參《楚文字編》264～265頁）。

「次□」當爲人名，可惜「□」被鏟刮，不知爲何字。考古發掘中常見把隨葬品銘文中別國的字號、國名鏟去的例子，此墓一般認爲是流落到吳國的舒國貴族之墓，前文已指出此缶蓋是後配的，故隨葬時要把缶蓋銘文中的國號「徐」，及原器主之名鏟去。

自乍（作）卝（盥）缶

「卝」字，《銘考》、《問題》等文釋爲「卵」字古文，陳秉新《徐器銘文考釋商兌》認爲應是「屮」字古文，並云「屮」似人總角之形，「卝」字《集韻》：「束髮也」，故二者本一字〔註235〕。按：「卝」字，《說文》說是「礦之古文」，但正如陳秉新在《商兌》中所言「《說文》所說某之古文，有不少是假借字，並非本字。」如謂「卝」是「礦」之古文，於字形確是難以解釋。釋「卵」較有道理。「卝缶」，曹錦炎讀爲「盥缶」，董楚平認爲此缶爲藏酒器，董說爲是。陳昭容指出卵缶常與儲存食物的「薦鑒」或「冰鑒」相配，應是酒器，讀「盥」不確〔註236〕。

沬（眉）壽無異（期）

「異」，《說文》：「長踞也。从己其聲。」在此讀爲「期」。包山69、111、176、182，郭店緇11、尊5有从己从丌的字，應爲此字異體。

（十七）之乘辰自鐘

本器又名「自鐸」、「自鐘」，著錄於《考古》2004年第7期。

「自鐘」出土於浙江省紹興市區塔山腳下，這是第二次在紹興出土具銘徐器。2003年3月，有工廠在從紹興塔山山腳下所取綠化用土中發現該青銅甬鐘，

〔註235〕陳秉新：《徐器銘文考釋商兌》，《東南文化》，1991年2期。

〔註236〕陳昭容：《從古文字材料談古代的盥洗用具及其相關問題——自淅川下寺春秋楚墓的青銅水器自名說起》，《中央研究院歷史語言研究所集刊》（臺灣）第七十一本，第四分，2000年12月。

上有鳥蟲書銘文，由紹興市文物考古研究所將其征集入庫。由於間隔的時間較長，取土現場早已被破壞，無法確認該鐘的具體出土地點和埋藏情況。該銅甬鐘爲春秋時期吳越地區常見的流行式樣，通高 39.6、甬長 14.8 釐米，舞部縱長15.8、橫寬 12.3 釐米，銑間寬 19.6 釐米，重 10 公斤。出土時甬部已斷裂，呈上小下大的圓柱形，其上模印雲雷紋間夾蟠璃紋。甬部有旋、幹，旋似環形並飾有勾連蟠璃紋，幹飾獸首和勾連回紋。舞部爲橢圓形，飾方形結構的勾連回紋。篆中部爲素面，四周以圓點紋組成方框。乳丁式枚共有 36 個，其中 6 個破損，1 個可黏補（圖三五）。

鐘體正反兩面的鼓部和反面鉦間有鳥蟲書銘文，「原是在鑄造時使用單字模嵌入主體陶範上的，類似於後世木活字的用法，由於不平整，每個字的四框，往往有印痕，這在拓本上可以很清楚地看到，觀察原器更爲明顯。這是吳越地區青銅器銘文常見的一個現象。〔註237〕全銘共五十個文字，其中重文一個（圖三六、三七）：

　　隹（唯）正十月吉日丁巳，之乘辰自，余邾（徐）王旨後之孫，足利次留之元子，而乍訊（訊）夫㠱之貴姓（甥），擇厥吉金，自乍其鐘，世世鼓勿（之），後孫之（勿）忘。

隹（唯）正十月

曹錦炎稱銘文不稱「唯王某月」，可見不奉周朝正朔，乃按本地區習慣用曆。〔註238〕之前所見徐國銅器銘文中皆稱「唯正月初吉」或「唯正月吉日」，也有一例作「唯正某月」者，即僕兒鐘「隹（唯）正九月初吉」，詳見前文。

吉日丁巳

此四字，曹錦炎釋爲「吉日丁巳」，後董珊改釋爲「吉丁（日）丁巳」，認爲本銘是由「多個單字銘文範嵌鑄成篇」的，「鐘銘『吉日丁巳』的『日丁』二字本作『丁丁』，第一個『丁』（龍按：指 ▩ 字，即本銘第 6 字）去掉鳥形

〔註237〕蔣明明：《浙江紹興市發現一件春秋銘文銅甬鐘》，見《考古》2006 年第 7 期；曹錦炎：《自鐸銘文考釋》，《文物》2004 年 2 期，收入作者《吳越歷史與考古論叢》179～189 頁，文物出版社 2007 年 11 月。

〔註238〕曹錦炎：《自鐸銘文考釋》，《文物》2004 年 2 期。

裝飾以後的形體跟同銘『晨』字（龍按：指█字，即本銘第 11 字）所從的『日』旁不同，卻跟第二個『丁』（龍按：指█字，即本銘第 6 字）寫法完全一樣。這也是因為『丁』、『日』二字形相近而導致範字誤植」，趙平安從董說。〔註239〕對此，曹錦炎認為此銘「日字中有點，看原器即明」〔註240〕。就拓片來看確如董珊所言。但因曹錦炎得以「目驗原器」，本文仍採用曹說。

巳字，曹錦炎認為地支之「巳」字，從甲骨文到金文一直寫作「子」字，睡虎地秦簡已開始使用「巳」字，但究竟何時改用卻是個懸而未決的問題，本銘直接寫作「巳」，在青銅器銘文中係首次出現。〔註241〕

之乘辰自，余郐（徐）王旨後之孫

關於本器的器主爭議頗多。曹錦炎認為器主名為「自」，而且將「之□（龍案，指本銘第 10 字：█）辰」三字屬上讀，為「唯正十月吉日丁巳之□辰」，並說「青銅器銘文中，記日之後偶見記時分者」，並引河南淅川下寺及江蘇丹徒北山頂春秋墓出土的舒器甚六鼎的銘文為例證。認為「□辰」為時分名，「可惜本銘『辰』前一字未識，不能確指其時分」。基於這種認識，曹錦炎判斷「根據文意，『自余』應是作器者自稱之語。『自』為人名，『余』乃第一人稱代詞。古代第一人稱代詞跟同位人名連稱時，通常第一人稱代詞在同位人名之前，這在典籍中較為常見。但典籍和出土的銅器銘文中，也偶有第一人稱代詞在同位人名之後的例子」，然後引《左傳·僖公九年》中齊桓公自稱「小白余」、紀甫人匜銘文「紀夫人余」二例為證。〔註242〕李家浩、郭永秉等贊同這一觀點，其中李家浩還懷疑器主名「自余」。〔註243〕

〔註239〕董珊：《重讀紹興新發現的甬鐘銘文》，《中國文物報》，2004 年 4 月 23 日；趙平安：《紹興塔山甬鐘的自名名稱及相關問題》，《中國歷史文物》2004 年 5 期。

〔註240〕曹錦炎：《對〈自鐸〉銘文器主與器名的討論》，《中國文物報》2004 年 6 月 4 日。

〔註241〕曹錦炎：《自鐸銘文考釋》，《文物》2004 年 2 期。

〔註242〕曹錦炎：《自鐸銘文考釋》，《文物》2004 年 2 期，收入作者《吳越歷史與考古論叢》179〜189 頁，文物出版社 2007 年 11 月。

〔註243〕郭永秉：《商周金文所見人名補釋五則》，見《古文字與古文獻論集》23 頁，上海古籍出版社，2011 年 6 月。李家浩觀點見其《夫跌申鼎、自鐘與邟子受鐘銘文研究》一文，轉引自郭永秉文，詳見該文注釋26。

董珊將「」釋爲「乘」字,將「(龍案,本銘第 11 字)」釋爲「晨」字,將「(龍案,本銘第 12 字)」釋爲「日」字,認爲器主應是「之乘晨」,銘文應讀爲「隹(唯)正十月吉丁(日)丁巳,之乘晨日:「余郤(徐)王旨後之孫……」。趙平安從之,但仍將「」釋爲「辰」字,認爲「體味文義,器主爲『之乘辰』,至爲明顯」。〔註244〕

對於董珊的觀點,曹錦炎做了回應,認爲:

> 董文的立足點,在於將器主名的「自」字改釋爲「曰」,認爲「曰」前的「之□辰」才是器主名。然而,本篇銘文先後出現的兩個「自」字,鳥蟲書構形完全相同。雖然在刊出的拓本上,「自」字的有些筆劃尚不夠清晰,但仔細分辨還是可以看清楚。目驗原器更加明白。鳥蟲書「曰」字包括「口」旁的構形與「自」字區別很大,絕不在下部出現表示鳥尾作對稱形的裝飾筆劃。參看本銘的「吉」、「旨」字(龍按:指、與)構形便可知道。董文既然同意後一「自」字所釋,那麼將前一「自」字改釋爲「曰」字,就顯得毫無理由了。
>
> 董文將其認爲是器主名的「之□辰」的□字,釋爲「乘」,未嘗不可。這個字,我曾有兩種考慮,一釋爲「爽」,一釋爲「乘」。釋「爽」有「昧爽」時分名可對應,也有淅川楚墓出土的銅器銘文作佐證。但畢竟在字形上釋「爽」或「乘」尚有不踏實之處,且有增字解經之嫌。尤其硬釋,不如闕疑。「□辰」指某段時分,「吉日丁巳之□辰」,文通義順,也有銘文例證。若將「之□辰」看成是人名,便不好理解了。更何況下邊所接並不是「曰」。所以,器主名「自」,是可以確定的。〔註245〕

按:字,曹錦炎釋「自」說,更合於字形,可從。「」字,可隸定爲「唇」,古文字中常見加「日」形爲羨符的情況,如楚文字中「辰」就常寫作

〔註244〕董珊:《重讀紹興新發現的甬鐘銘文》,《中國文物報》,2004 年 4 月 23 日;趙平安:《紹興塔山甬鐘的自名名稱及相關問題》,《中國歷史文物》2004 年 5 期。

〔註245〕曹錦炎:《對〈自鐸〉銘文器主與器名的討論》,《中國文物報》2004 年 6 月 4 日。

「⿱宀⿰⿱」天策」形。「⿰」字釋爲「晨」字還是「辰」字，字形皆可講通，本文從釋「辰」說。

關於本器器主之名，或應爲「之乘辰自」。「唯正十月吉日丁巳」較爲常見，更爲合理。而「唯正十月吉日丁巳之乘辰」，較爲罕見，徐器銘文中未見有此類用法，且如此斷句，而「乘辰」又不可訓解。如果確如董珊所說器主爲「之乘辰」，銘文讀爲「唯正十月吉日丁巳，之乘晨曰：『余（徐）王旨後之孫……』」，則較爲順暢，但曹錦炎關於「曰」、「自」二字的區分較有理據，「自」字不可釋爲「曰」字。但如將器主之名定爲「之乘辰自」，那上述問題皆可迎刃而解。

另外，曹錦炎將銘文「之乘辰自，余徐王旨後之孫，足利次留之元子，而乍訊夫叴之貴甥」中的余字屬上讀，認爲是那種偶見於典籍和出土的銅器銘文之第一人稱代詞在同位人名之後現象。其實此處「余」字應該屬下句，這種自述身世的方式屬於「某某，余某某之子／孫／甥」的形式，還見於「曾孫僕兒，余达斯于之孫，余聯⿰之元子」，詳見前文。

徐王旨後，不見於文獻，曹錦炎認爲可能即《左傳‧昭公四年》所記載的失名徐王，係吳出。〔註246〕

足利次留之元子

⿰字，曹錦炎，釋爲「足」字；董珊釋爲「疋」字，讀爲「且」，在銘文中有表示語氣提頓的功能，趙平安從之。按正如曹錦炎所說「足、疋古文字構形本相同」。此處尚不可定論。

⿰字，曹文釋爲「利」字；董珊認爲⿰字「剺」，「『剺』字左上所從似因用作偏旁而有所簡省的『自』形，『剺』見《說文》，即『劙』字的正篆」，趙平安從之。按：將⿰字釋爲「剺」字，證據並不充分，此銘爲鳥蟲書，⿰字左上所從也許即爲裝飾性符號。如將其釋爲利字，結合次□缶蓋銘文中之「郐（徐）頤君之孫，利之元子次□」，以及「徐王之子利戈」中的「利」，三者也

〔註246〕曹錦炎：《自鐸銘文考釋》，《文物》2004 年 2 期，收入作者《吳越歷史與考古論叢》179～189 頁，文物出版社 2007 年 11 月。

許爲同一人。在這三篇銘文中，利皆爲徐王之子，應非巧合。「足利次留」與「利」、「徐王旨後」與「郐（徐）顗君」，都應是夷式名與華化名的不同。

而乍訊夫㕣之貴姓（甥）

[圖]字，曹錦炎釋作「天」字，與後面的「乍」字連讀爲「天祚」；而董珊將其釋爲「而」字，在銘文中表示「語氣提頓」之義；趙平安、郭永秉等從之。[圖]字，曹錦炎釋作縣字，李家浩從之。董珊認爲「『縣』所從似簡省得很利害的「肉」旁，從整體上看，此字似應即『縣』字」，趙平安從之。其說值得重視。〔註247〕郭永秉則將其釋爲「讐」，讀爲「訊」：

> 此字左上似看不出「縣」字所從「肉」旁的筆劃（即一豎兩橫），應該是有鑄造時已有損壞。此字左上如確因範損造成筆劃脫落，頗疑此字實際上應是從「係」從「言」的「讐」字，而不是從「肉」的「縣」字。「讐」字曾見於戰國早期的曾侯乙墓竹簡和戰國中期偏晚的上博楚竹書《平王問鄭壽》篇。此字原皆釋爲「縣」，但實際上曾簡的[圖]、[圖]和《平王問鄭壽》的[圖]，都不從「肉」而是從「人（或尸）」，我曾指出此字來源於西周金文「訊」字表意初文，應釋爲「訊」。自鐘的[圖]字很可能只缺失了像「係」旁「人」形手臂的那斜一筆；若然，此字也應該釋爲「讐（訊）」。〔註248〕

按：郭說可從。「乍訊夫㕣」爲器主之舅父，其人不可考。

自乍其鐘

作爲本器自名的「[圖]」字，也是研究者爭論的焦點問題，異說紛呈，曹錦炎、董珊、楊坤、趙平安分別展開討論，闡述了各自的觀點〔註249〕。曹錦

〔註247〕曹錦炎：《自鐸銘文考釋》，《文物》2004 年 2 期，收入作者《吳越歷史與考古論叢》179～189 頁，文物出版社 2007 年 11 月；董珊：《重讀紹興新發現的甬鐘銘文》，《中國文物報》，2004 年 4 月 23 日；趙平安：《紹興塔山甬鐘的自名名稱及相關問題》，《中國歷史文物》2004 年 5 期。李家浩觀點轉引自郭永秉文，詳見該文注釋 26。

〔註248〕郭永秉：《商周金文所見人名補釋五則》，見《古文字與古文獻論集》26 頁，上海古籍出版社，2011 年 6 月。

〔註249〕曹錦炎：《自鐸銘文考釋》，《文物》2004 年 2 期，收入作者《吳越歷史與考古論

炎將其釋爲「鐸」；董珊釋爲「鐘」；楊坤認爲此字从矢得聲，可訓爲「陳」；
趙平安認爲此字可釋爲「鐲」，並認爲「鐲」即「丁寧」，「丁寧」爲「鉦」之
合音。按：關於此字釋讀，尚無定論，存疑待考。但考慮到「本器器形爲典
型的甬鐘形式，與一般青銅器所定名的『鐸』形制有別」〔註 250〕，本文仍將
其讀爲「鐘」。

世世鼓勿（之），後孫之（勿）忘

世字，曹錦炎認爲「『世』字下原有重文符號，拓本不見，觀察原器約略
可辨」。〔註 251〕

曹錦炎認爲之、勿二字倒置，是由於本銘文爲單字銘文範嵌鑄成篇的原因，
造成文字錯亂，詳見前文所引，董珊從曹說。而馬冀、紫陌不同意這一觀點，
主張尊重原文順序，斷句爲「世世鼓，勿後孫之忘」〔註 252〕，董珊認爲馬、紫
的釋讀不僅使「世世鼓」缺失了賓語，而且「勿後孫之忘」既難以通讀，又不
合金文同例。〔註 253〕

七、徐王之子扎器群

（十八）徐王之元子扎爐

又名徐王爐，據其銘文，當命名爲「徐王之元子扎爐」。著錄於《文物》
一九八四・一、《集釋》三・十九、《集成》一〇三九〇等。現藏浙江省考古研
究所。

叢》179～189 頁，文物出版社 2007 年 11 月；董珊：《重讀紹興新發現的甬鐘銘文》，
《中國文物報》，2004 年 4 月 23 日；楊坤：《「自鐸」銘文札記》，《中國文物報》，
2004 年 4 月 23 日；趙平安：《紹興塔山甬鐘的自名名稱及相關問題》，《中國歷史
文物》2004 年 5 期。

〔註 250〕曹錦炎：《自鐸銘文考釋》，《文物》2004 年 2 期，收入作者《吳越歷史與考古論
叢》179～189 頁，文物出版社 2007 年 11 月；曹錦炎：《對〈自鐸〉銘文器主與器
名的討論》，《中國文物報》2004 年 6 月 4 日。

〔註 251〕曹錦炎：《自鐸銘文考釋》，《文物》2004 年 2 期。

〔註 252〕馬冀、紫陌：《紹興新出甬鐘銘文釋讀「勿」、「之」換位的商榷》，《中國文物報》，
2004 年，2 月 20 日。

〔註 253〕董珊：《重讀紹興新發現的甬鐘銘文》，《中國文物報》，2004 年 4 月 23 日。

與徐𠭯尹湯鼎同出。高僅4.9、口徑8.5釐米。廣口、平沿、頸稍內收、腹微弧（圖三八）。腹壁飾蟠螭紋，下段飾三角形垂葉紋。爐底爲五條蟠螭倒立於圓環之上，側視猶如鏤空的圈足。底圈下緣留有近似焊接的痕跡，可能此爐原與一環底鉢形器相焊接〔註254〕。爐底刻銘文三行九字（圖三八）：

郐（徐）王之□□𢪏之少（小）𨷿（爐）。

□□，前者是「」字，曹錦炎疑爲「賓」字，未加解釋〔註255〕；陳秉新釋爲「元」字，並由此將下一字「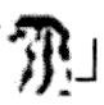」釋爲「子」〔註256〕。按，釋「元」較有道理，但此處二字，斑駁鏽跡與筆劃混雜，難以完全區分。

「𢪏」字，僅陳秉新加以了考釋，他引于省吾先生釋「伓」爲「倍」之說〔註257〕，認爲此字「从北从不，當是倍字的古文」，可備一說。

少，即「小」字，李守奎師：「楚文字小、少同字」〔註258〕。徐、楚相互影響，兩國銘文也多有共同的特點。「小」、「少」在文獻中的相通例也很多，可參《古字通假會典》799頁，茲不備舉。𨷿，舊誤釋爲「㓞胃」二字，讀作「炙爐」〔註259〕，後吳振武先生撰文指出此字从「門」从「膚（臚）」，當隸爲「𨷿」，是「閭」字異體，在此應讀作「盧」〔註260〕。

（十九）徐𠭯尹湯鼎

著錄於《文物》一九八四·一、《珍品展》二二四、《集釋》三·十七、《集成》二七六六等。現藏浙江省考古研究所。

出土於浙江省紹興市坡塘獅子山的三○六號墓，該墓由浙江省文物管理委員會、浙江省文物考古所等單位於一九八二年三月發掘。同墓出土一千二百四十四件隨葬品，其中銅器十七件，有銘文者三件。這三件具銘銅器爲一

〔註254〕浙江省文物管理委員會等：《紹興306號戰國墓發掘簡報》，《文物》，1984年1期。

〔註255〕曹錦炎：《紹興坡塘出土徐器銘文及其相關問題》，《文物》，1984年1期。

〔註256〕陳秉新：《徐器銘文考釋商兑》，後文稱陳文，《東南文化》，1991年2期。

〔註257〕于省吾：《釋𠚤𠬝𡚸伓》，《甲骨文字釋林》396頁，中華書局，1979年六月。

〔註258〕李守奎：《楚文字編》，華東師範大學出版社，2003年12月。

〔註259〕曹錦炎：《紹興坡塘出土徐器銘文及其相關問題》，《文物》，1984年1期。

〔註260〕吳振武：《談徐王爐銘文中的「閭」字》，《文物》，1984年11期；《釋戰國文字中的从「𠾂」和从「朕」之字》，《古文字研究》第19輯490頁，中華書局，1992年8月。

鼎（圖三九）、一爐（圖三八）、一罍。罍的肩部有一周銘文，約十一、二字，因殘損過甚，未能釋讀。鼎、爐據銘文皆爲徐器〔註261〕，但此墓一般認爲是越墓〔註262〕，可能是因爲吳滅徐後，徐國的一支殘兵退逃到越國的紹興〔註263〕，死後安葬在這裡。這可能是在越地出土徐國銅器的原因。

此鼎通高 40.8、耳高 10.2、口徑 19.2、足高 15 釐米。小口，直領、圓肩、球腹、平底。鼎蓋作覆盤形，蓋頂中心有雙首蟠螭形小紐，紐中貫以絞絲紋圓環，中心紐的外圍有鳳形立紐三個。環形立耳作雙頭蟠螭立體雕塑。腹壁中段飾以圓渦紋、蟠螭紋、絢索紋及三角紋（圖三九）。此鼎與爐、罍的腹部主體紋飾是一致的。鼎足爲象首形，鼎足端爲馬蹄形。其年代爲春秋晚期，《發掘報告》指出同出的玉器、陶豆都屬春秋晚期，這和徐被吳所滅的時間也較爲一致。陳公柔：「其作爲主體的蟠螭紋均是兩螭相蟠，構成一個方塊和前述的庚兒鼎上的花紋頗有相似之處。論者或以爲春秋前期之器，似乎失之稍早。」〔註264〕此鼎蓋內有銘文五行四十四字（圖四○），肩部與蓋同銘（圖四一），環繞兩周：

佳（唯）正月吉日初庚，郐（徐）㦬尹𩔖，自乍（作）湯鼎。盈（溫）良聖每（敏），余敢敬明（盟）祀，勺（以）肅塗（塗）俗，㠱（以）知卹誨，壽躬觥子，沫（眉）壽無冀（期），永保用之。

郐（徐）㦬尹𩔖

「尹」上一字，蓋銘作「𩔖」，器銘作「𩔖」。二者有所差別，是因爲蓋銘此字位於邊緣，造成筆劃錯位。此字爭議較多，我們分別看一下此字所從的的兩個偏旁。它們左面所從的偏旁「𠙻」、「𠙻」，曹錦炎認爲是「貝」〔註265〕，

〔註261〕浙江省文物管理委員會等：《紹興 306 號戰國墓發掘簡報》，《文物》，1984 年 1 期。

〔註262〕浙江省文物管理委員會等：《紹興 306 號戰國墓發掘簡報》，《文物》，1984 年 1 期；牟永抗：《紹興 306 號越墓芻議》，《文物》，1984 年 1 期；鍾遐：《紹興 306 號墓小考》，《文物》，1984 年 1 期。

〔註263〕董楚平：《塗山氏後裔考》，《中國史研究》28 頁，1994 年 1 期。

〔註264〕陳公柔：《徐國青銅器的花紋、形制及其他》，《吳越地區青銅器研究論文集》269 頁，香港兩木出版社，1997 年。

〔註265〕曹錦炎：《紹興坡塘出土徐器銘文及其相關問題》，後文稱曹文，《文物》，1984 年

陳秉新從之〔註266〕；劉廣和認爲是「尹」〔註267〕，董楚平從之，董氏還講到此偏旁與徐醓尹鉦、徐令尹者旨瑿爐盤中的「尹」字相仿〔註268〕；何琳儀則以《金文編》賸、貯、賓、買等字所從之「貝」爲例，指出古文字中「貝」或省作「尹」形，「尹」、「貝」有混同現象，認爲在此處應是「尹」〔註269〕。按何琳儀所說甚是，可從。正如何琳儀所說，「貝」與「尹」時有混訛。一般「貝」字，如徐器僕兒鐘銘的「購」字所從作「▨」，上部爲兩筆，而「尹」則爲一筆。「貝」上部有作一筆與「尹」混者，而「尹」未有上部作兩筆與「貝」混的。再來看一下他們右部所從的「▨」、「▨」。曹文引朱德熙、裘錫圭《平山中山王墓銅器銘文的初步研究》〔註270〕道：殽字，三體石經作「▨」；長沙出土的戰國帛書作「▨」；戰國貨幣銘文作「▨」；他指出朱、裘所提到的「殽」字與本銘此字右部所從構形極近，遂隸「▨」爲「賅」，並謂「賅尹」爲官名，但不見於文獻，無法詳考。劉文也認爲此字右部所從爲「殽」，並云：「第九字殽字多出尹旁，大概表示身份，大盂鼎武王作珷，文王作玟，都加王旁可證。」何文認爲從貝從殽或從尹從殽都不見於字書，而三體石經所謂的「殽」之古文「▨」，既有可能是孝，也有可能是李，「▨」應是「郊尹」合文，「郊尹」爲治郊境的大夫，見於《左傳》；後面的「尹瞽」兩字爲人名。陳秉新《徐器銘文考釋商兌》云「▨」、「▨」爲「孝」之變體，也讀爲「郊」。按，「▨」、「▨」字似應隸爲「李」，即「李」字，可參《戰國文字編》354頁、《楚文字編》340～341頁。「▨」、「▨」即「悝」，可讀爲「里尹」，爲管理地方的官吏。文王、武王均爲功績卓著，聲名顯赫之人，所以造「玟」、「珷」做其專名，此處之「▨」，爵位並不高，似無造專字的必要，劉說恐不可信。「郊尹」之效，楚文字作「蒿」，何說不可從。「尹瞽」視作人名，則僅可備一說。「悝」也有可能是一不見於文獻的官名，其確切含義待考。

---

1 期。

〔註266〕陳秉新：《徐器銘文考釋商兌》，後文稱陳文，《東南文化》，1991 年 2 期。

〔註267〕劉廣和：《徐國湯鼎銘文試釋》，後文稱劉文，《考古與文物》，1985 年 1 期。

〔註268〕董楚平：《吳越徐舒金文集釋》303～306 頁，浙江古籍出版社，1992 年 12 月。

〔註269〕何琳儀：《吳越徐舒金文選釋》，後文稱何文，《中國文字》新十九期，137 頁，美國藝文印書館，1994 年 9 月。

〔註270〕朱德熙、裘錫圭：《平山中山王墓銅器銘文的初步研究》，《文物》，1979 年 1 期。

「䇡」字，曹文隸作「䇡」，釋爲「愁」；劉文疑此字爲「臂」，董楚平《集釋》也釋作「臂」字；何文釋爲「臂」。按無論蓋銘還是器銘，此字狀似人手臂的筆劃都是向上的，曹錦炎將此字摹作「䇡」，變成了向下的，與原篆相比有差別。他釋字的根據是「䇡」與王子嬰次爐中的尼旁「𠂊」相近，其實「䇡」與王子嬰次爐中的「𡗗」更爲相近，其說不可從。釋「臂」與字形亦不合，「尼」之古文字字形上部開口方向朝後，與手臂方向相反，而此字開口方向朝前，與手臂方向相同，如：散盤銘中的「尼」字作「𢼸」（《金文編》617 頁）。「䇡」字與包山 177 號簡上的「䇡」字相似，原釋文釋爲「䇡」，〔註 271〕《戰國文字編》、《楚文字編》皆釋爲「臂」〔註 272〕。

自乍（作）湯鼎

湯，曹文認爲當讀作「盪」，意爲金之美者，湯鼎即以良銅所鑄之鼎；劉文引李學勤之說，認爲此字亦見於信陽 2-04 號簡，「湯鼎」爲鼎之專名；王人聰認爲「湯」讀如字，意爲用沸水燙熟食物，湯鼎即烹煮用的炊器〔註 273〕；劉彬徽也認爲「湯鼎」是用來煮肉湯的鼎〔註 274〕。按，此類鼎腹徑較口徑大出很多，常被叫做小口鼎，在曾侯乙墓、壽縣蔡侯墓及淅川下寺楚墓中皆有出土，是春秋戰國長江流域特有的器形。朱德熙等人認爲湯鼎口小，不易散熱，搬動時不易晃出，用來盛熱水甚宜〔註 275〕。陳昭容根據淅川下寺楚墓中此類鼎在兩浴缶之間而與鼎、匕等食器遠離，且在簡文中湯鼎都與盥洗器並列，推論湯鼎不是食器，而是作爲燒水盥洗用的鼎〔註 276〕。朱、陳之說甚是。研究青銅器不能僅僅從銘文一個方面來進行，李學勤曾多次指出「不能只以研究金文作爲研究青

〔註 271〕湖北省荊沙鐵路考古隊：《包山楚簡》圖版八十、釋文 30 頁，文物出版社，1991年 10 月。

〔註 272〕湯餘惠主編：《戰國文字編》304 頁，福建人民出版社，2001 年 12 月；李守奎：《楚文字編》295 頁，華東師範大學出版社，2003 年 12 月。

〔註 273〕王人聰：《徐器銘文雜釋》，《南方文物》，1996 年 1 期。

〔註 274〕劉彬徽：《楚系青銅器研究》131 頁，湖北教育出版社，1995 年 7 月。

〔註 275〕朱德熙、裘錫圭、李家浩，《望山一、二號墓竹簡釋文與考釋》，《望山楚簡》，中華書局，1995 年 6 月。

〔註 276〕陳昭容：《從古文字材料談古代的盥洗用具及其相關問題——自淅川下寺春秋楚墓的青銅水器自名說起》，《中央研究院歷史語言研究所集刊》（臺灣）第七十一本，第四分，2000 年 12 月。

銅器的主體」，「至少應從形制、紋飾、銘文、功能（組合）、工藝五個方面進行」
〔註277〕。對「湯鼎」，以及前文對「卵缶」的研究充分說明了這一點。但這都
是借助別國同類器的研究才弄明白的，至今沒有發現確爲徐國的墓葬，也就無
法瞭解徐器的組合，這是很遺憾的。

盈（溫）良聖每（敏）

盈字，曹、劉、董等人之文釋爲「宖」，讀爲「宏」。此字，劉釗釋爲「盈」，
指出「盈良」即「溫良」，並引《論語・學而》「子貢曰：夫子溫良恭儉讓以
得之」，《漢書・兒寬傳》「寬爲人溫良，有廉知自將」〔註278〕爲證。劉釋甚
確。

每字，劉廣和釋作「婿」，讀作「巧」，董楚平從之。按上釋過於迂曲，不
可信。其字即「每」字無疑，何文讀作「誨」，《集成》讀作「敏」。

勺（以）肅塗（塗）俗，吕（以）知郵壽

勺，曹文讀爲「糾」，訓爲「正」。《集釋》讀如字，認爲「丩」有「相糾
繚」之意。陳文認爲此字乃「吕」字異構。張新俊認爲此字當隸爲「勺」，讀
作「以」〔註279〕。案，張新俊找到了字形上的依據讀此字爲「以」，可以與
「吕（以）知郵壽」之「以」相對，放入辭例亦文從字順，較舊說爲優，可
從。「𣹟」字，曹文釋爲「律」，劉廣和文釋爲「畫」。陳文釋此字爲「津」。
董楚平也釋此字爲「津」，並詳加解釋，他認爲釋「律」或「畫」，不僅水字
偏旁完全落空，而且「聿」下的那部分也難以解釋，「其實，此字與『津』字
的篆體、古或體都極爲相似。……《說文》：『津，水渡也。』……有引渡、
連續之意。」〔註280〕塗，各家皆釋爲「塗山」之「塗」，認爲「塗俗」即「塗
山之俗」，即「徐俗」。按「𣹟」字从「聿」从「㵎」，非爲「津」。吳振武先
生指出「『泉』字可以再增『水』旁作『㵎』」〔註281〕，故此字可看作从聿从

〔註277〕李學勤：《中國古代文明十講》137 頁，復旦大學出版社，2003 年 8 月。

〔註278〕劉釗：《釋愠》，《容庚先生百年誕辰紀年文集》，廣東人民出版社，1998 年 4 月。

〔註279〕張新俊：《說「勺」「人」》，待刊。

〔註280〕董楚平：《徐器湯鼎銘文考釋中的一些問題》，《杭州大學學報》第十七卷第一期，
1987 年 3 月。

〔註281〕吳振武：《燕國銘刻中的「泉」字》，《華學》第二輯，中山大學出版社，1996 年

泉。楚文字中「肅」正是从「聿」从「泉」，作𦘒（📷（包174）、📷（王孫誥鐘））（參《楚文字編》187～188頁），此字當爲「肅」字。肅，《說文》：「持事振敬也」，有整飭義，如《國語‧周語中》：「寬肅宣惠，君也」。韋昭注：「肅，整也。」「📷」字爲肅，曹錦炎把「丩」讀爲「糾」，訓爲「正」，是正確的。「肅」既有「整飭」之義，訓「塗俗」爲「徐俗」就不太合常理。塗，《廣雅‧釋詁三》：「害也」。以肅塗俗，當即整治風俗之義。

「📷」字，上从矢，下从口，比較特殊，古文字「知」多借用「智」。雲夢秦簡‧日乙46有从矢从口之「知」。卹，劉文、陳文、董文隸定爲「邺」，誤。劉文訓邺爲洫，訓檮爲耦，過於迂曲。曹文訓卹爲恤，將檮讀爲辱，可從。「以知恤辱」即以知憂恥，「憂恥」應指徐被吳所滅一事。

壽躬歟子

壽字所从「📷」爲「老」字變體，較爲特殊。「躬」意爲「自身」，曹文謂：「《說文》作躬，云：『身也』；又，『身，躬也。』按從古文字偏旁分析，躬字應是从身呂聲的形聲字，宮、雝（雝）等字即以『呂』爲聲符，《說文》躬字从呂實誤。」其說甚是。「📷」（蓋銘）、「📷」（器銘）字，曹文釋「穀」，與字形不合，劉文隸爲「歟」，訓爲「育」，可從。

董楚平《集釋》指出：「本銘韻密。前有庚、鼎陽耕合韻，巧、祀幽之合韻，作爲銘辭重心的誓詞二句，俗、檮同押幽韻；後有子、期、之同押之韻。」
〔註282〕

八、存疑器群

（二十）徐王戈

出土於安徽淮南市蔡家崗趙家孤堆戰國墓，由一號墓和二號墓組成，安徽省文化局文物工作隊於1958、1959年先後對一號墓、二號墓進行了清理，共出土青銅器112件，以兵器和車馬器爲主，沒有禮器出土，發掘者認爲或因墓在早年被盜，禮器已爲盜者竊走。出土有銘文銅器多件，包括徐、蔡、

12月。

〔註282〕董楚平：《吳越徐舒金文集釋》312頁，浙江古籍出版社，1992年10月。

吳等國銅器，內有蔡侯產劍三把，此古墓被發掘整理者定爲蔡侯產之墓，時代在公元前 457 年或稍後之一、二年，是戰國初期的墓葬〔註283〕。

其中二號墓出土有銘文銅戈 4 件，均有銘文，其中一件有銘文六七十字，「惜繡重不易識」。另有兩件銅戈，銘文全同，鏽重，字數不清，其中「徐王」等數字較爲清晰，銘文爲鳥蟲書。其中一件銅戈（後文稱徐王戈甲）援長 14.8、胡長 11.6、內長 1.1 釐米（圖四二）；另一件銅戈（後文稱徐王戈乙）援長 9.3、胡殘長 13.3、內殘長 3.2 釐米（圖四三）。徐王戈甲存字 4 個，徐王戈乙存字 5 個，結合甲、乙二器，可得銘文如下：

正面銘文：郤（徐）王

甲器上有「徐王」二字，乙器僅存「徐」字以及「徐」字上面殘存的筆劃「▓」。

反面銘文：〔戉〕王者〔旨〕於睗

乙器上有「王」、「者」、「於」、「睗」四字，甲器僅存「於睗」二字。

同一篇銘文中「越王」、「徐王」共見，有很高的史料價值，可惜銘文銹蝕嚴重，不能通讀，其國別也難以斷定，陳公柔、孔令遠等人將其歸入徐器〔註284〕，姑附於此。

〔註283〕安徽省文化局文物工作隊（由馬道闊執筆）：《安徽淮南市蔡家崗趙家孤堆戰國墓》，《考古》，1963 年 4 期。

〔註284〕陳公柔：《徐國青銅器的花紋、形制及其他》，《吳越地區青銅器研究論文集》265頁，香港兩木出版社，1997 年；孔令遠：《徐國的考古發現與研究》68 頁，中國文史出版社，2005 年 9 月。

圖 片

圖 一

圖　二

圖　三

圖　四

圖　五

圖　六

圖 七

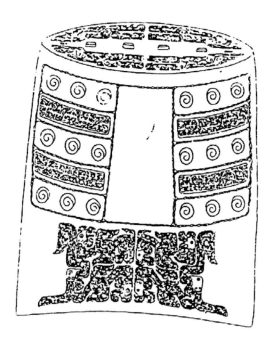 

圖　八

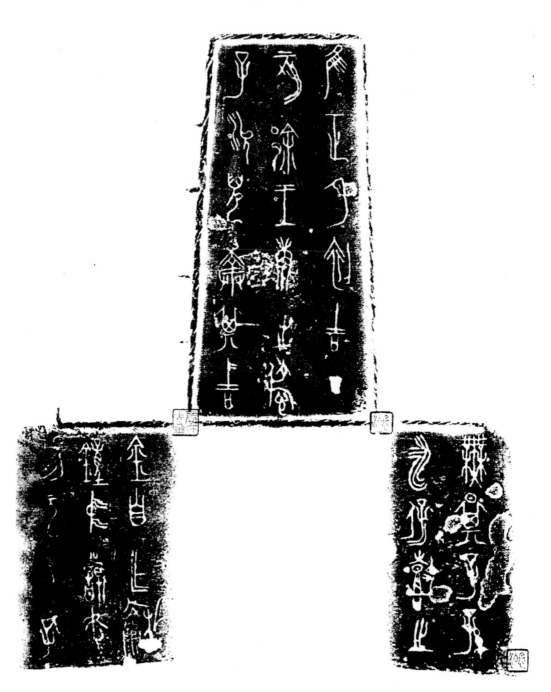

圖　九

圖 一〇

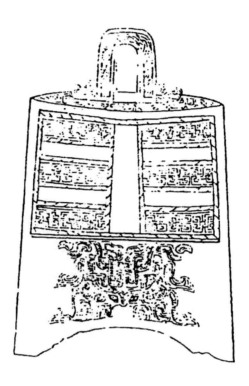

圖　一　一

圖 一 二

圖　一　三

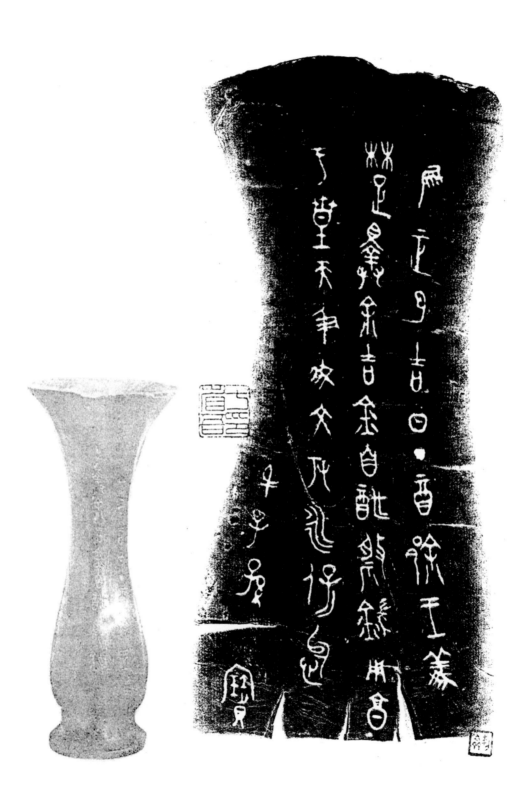

圖 一 四

圖一五

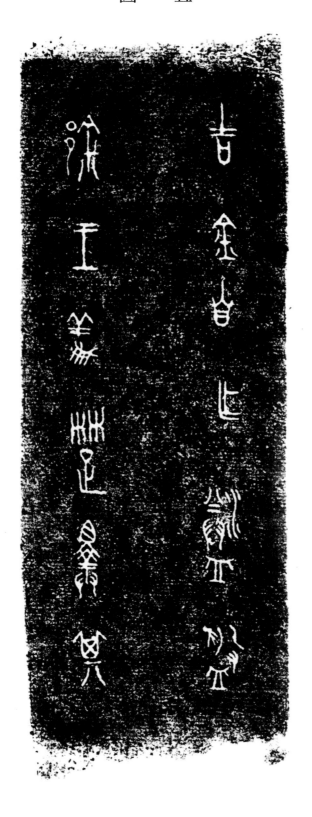

圖　一　六

圖 一 七

圖 一 八

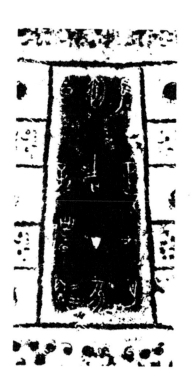

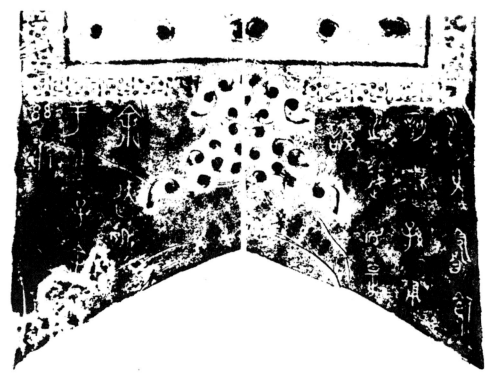

圖一九

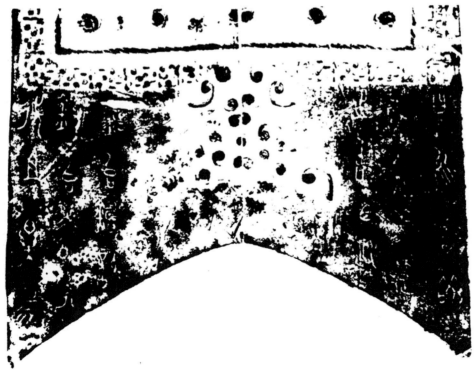

圖 二 〇

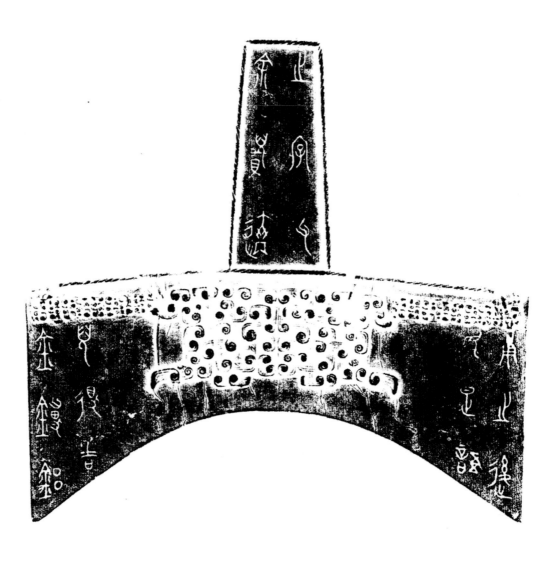

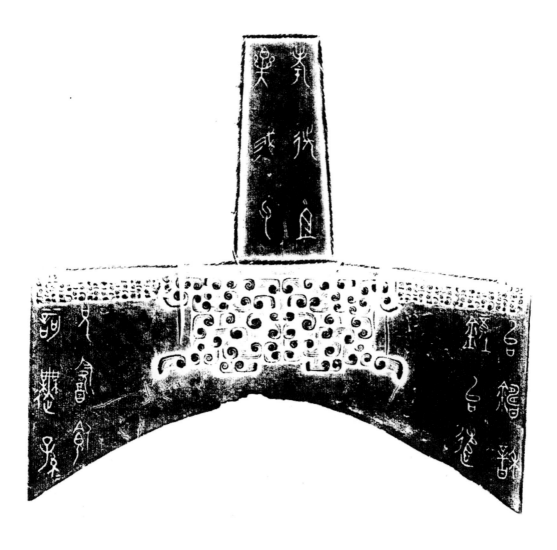

圖　二　一

圖 二 二

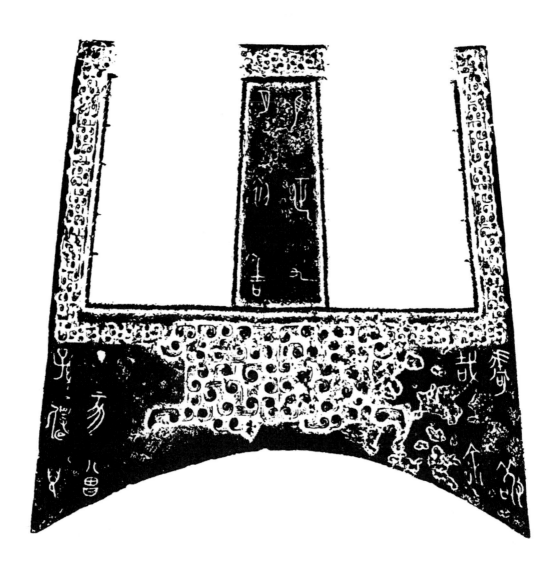

圖 二 三

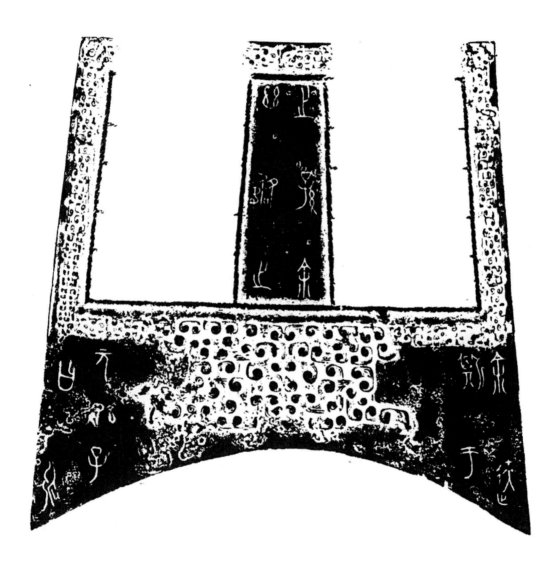

圖 二 四

圖　二　五

圖 二 六

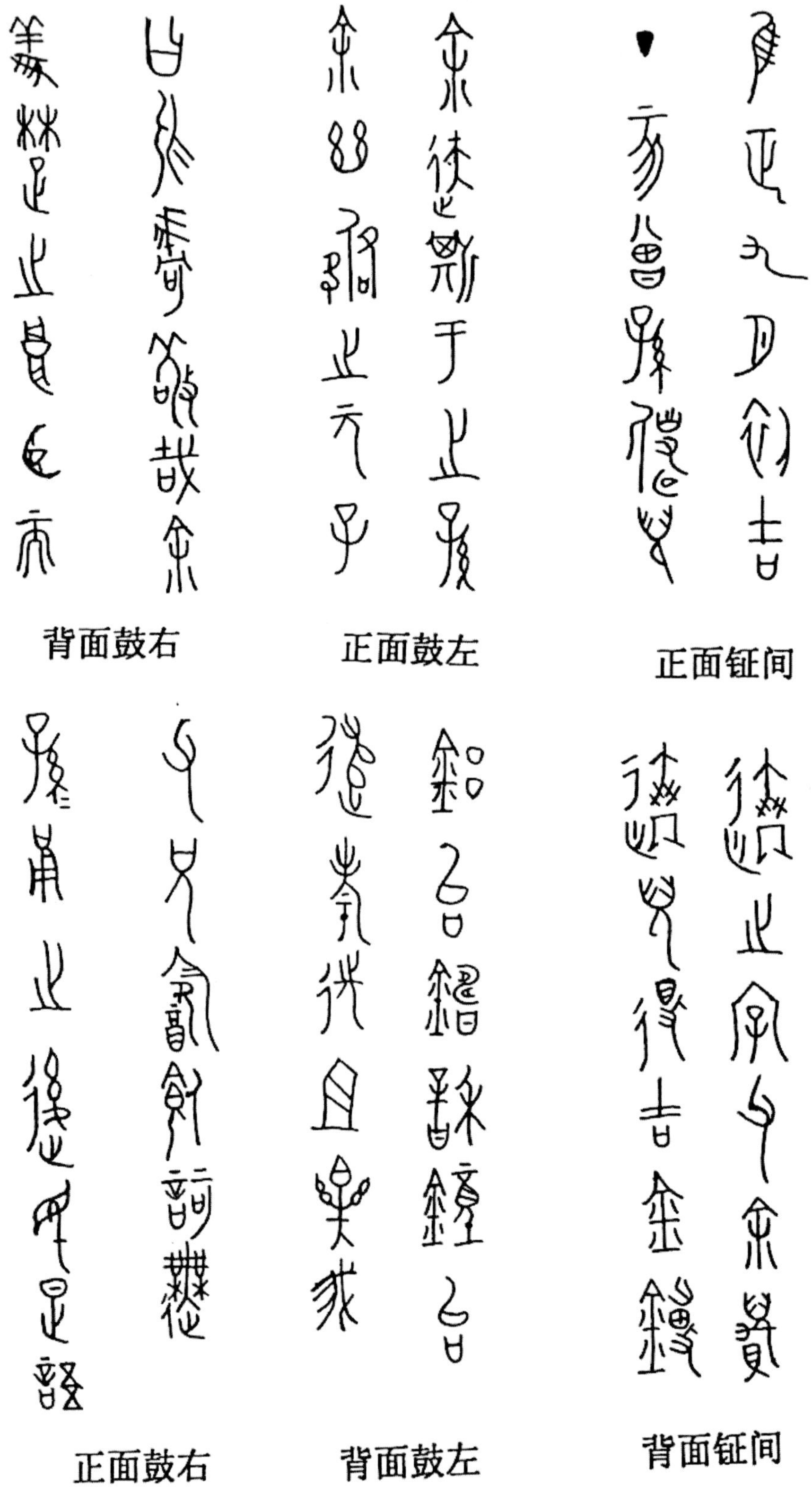

背面鼓右　　　　正面鼓左　　　　正面鉦間

正面鼓右　　　　背面鼓左　　　　背面鉦間

圖 二 七

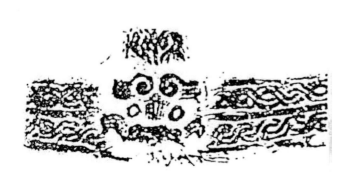

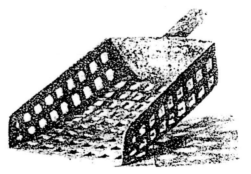

圖 二 八

圖 二 九

圖三〇

圖　三　一

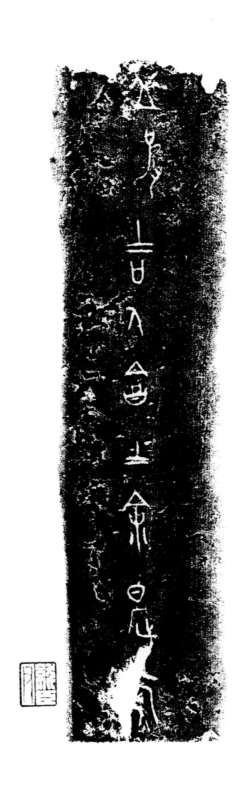

圖 三 二

圖 三 三

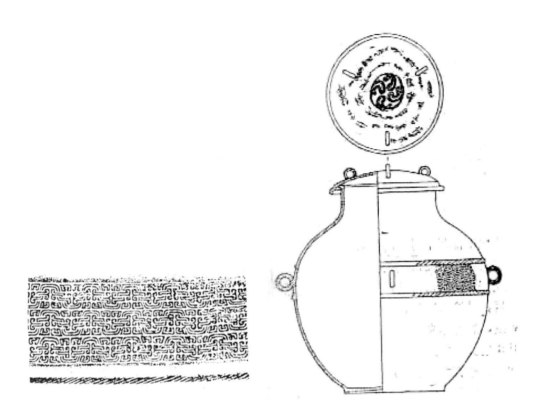

圖 三 四

圖　三　五

圖 三 六

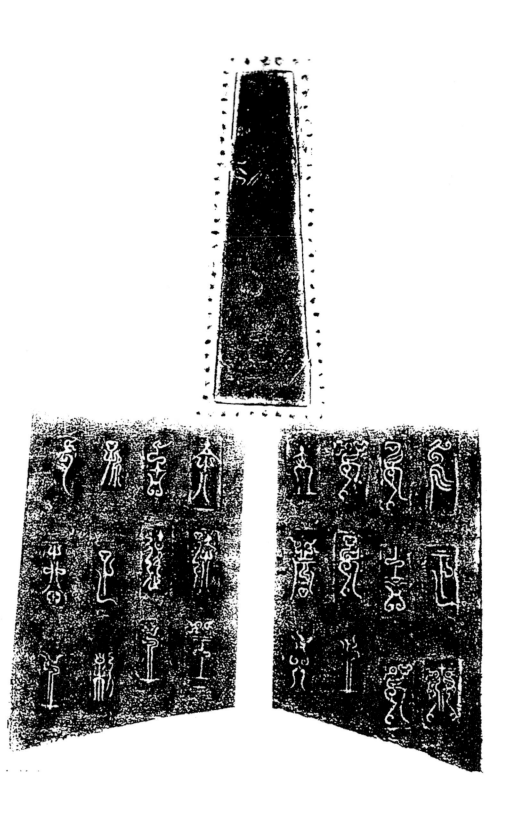

圖三七

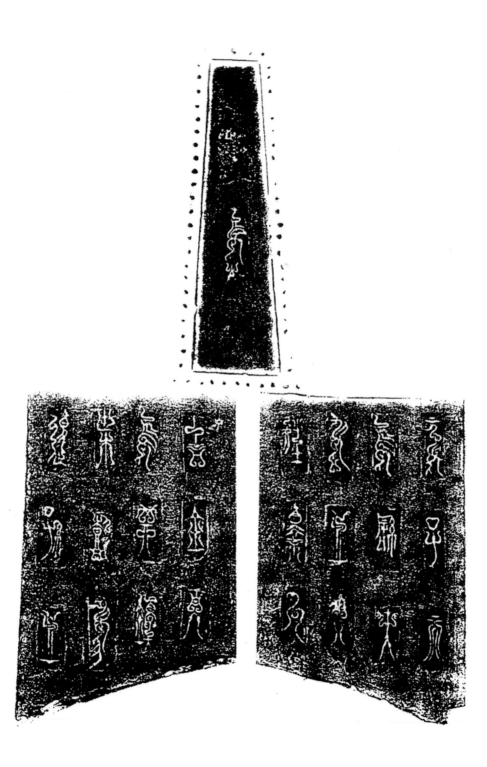

圖 三 八

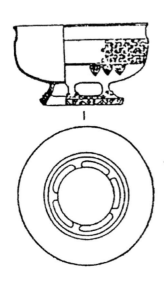

圖　三　九

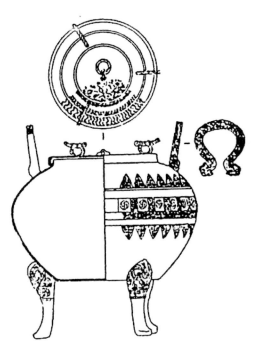

圖四○

圖四一

圖 四 二

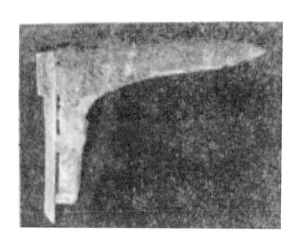

圖 四 三

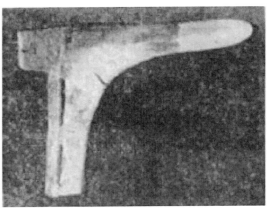

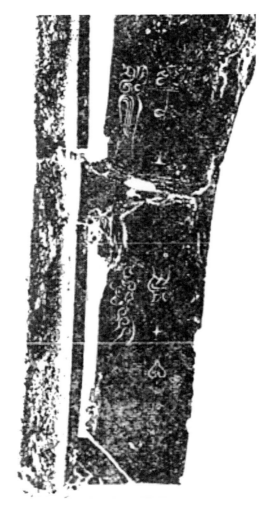

參考文獻

（一）工具書、著作、文集類

1. 丁山：《甲骨文所見氏族及其制度》，中華書局，1988 年 4 月。

2. 于省吾：《甲骨文字釋林》，中華書局，1979 年六月。

3. 于省吾：《商周金文錄遺》，中華書局，1993 年 7 月。

4. 孔令遠：《徐國的考古發現與研究》，中國文史出版社，2005 年 9 月。

5. 王國維：《觀堂集林》，中華書局，1959 年 6 月。

6. 朱鳳瀚：《古代中國青銅器》，南開大學出版社，1995 年 6 月。

7. 朱德熙：《朱德熙文集第五卷》，商務印書館，1999 年 9 月。

8. 李世源：《古徐國小史》，南京大學出版社，1990 年 5 月。

9. 李守奎：《楚文字編》，華東師範大學出版社，2003 年 12 月。

10. 李家浩：《著名中年語言學家自選集李家浩卷》，安徽教育出版社，2002 年 12 月。

11. 李學勤：《中國古代文明十講》，復旦大學出版社，2003 年 8 月。

12. 李學勤：《中國古史尋證》，上海科技教育出版社，2002 年 5 月。

13. 李學勤：《李學勤學術文化隨筆》，中國青年出版社，1999 年 1 月。

14. 李學勤：《走出疑古時代》，遼寧大學出版社，1997 年 12 月。

15. 李學勤：《東周與秦代文明》，文物出版社，1984 年 6 月。

16. 李學勤：《新出青銅器研究》，文物出版社，1990 年 6 月。

17. 李學勤：《綴古集》，上海古籍出版社，1998 年。

18. 林澐：《古文字研究簡論》，吉林大學出版社，1986 年 9 月。

19. 林澐：《林澐學術文集》，中國大百科全書出版社，1998 年 12 月。

20. 段玉裁：《説文解字注》，浙江古籍出版社，1998 年 2 月。

21. 唐作藩：《上古音手冊》，江蘇人民出版社，1982 年 9 月。

22. 唐蘭：《古文字學導論》，齊魯書社，1981 年。

23. 容庚、張維持：《殷周青銅器通論》，文物出版社，1984 年 10 月。

24. 容庚：《金文編》，中華書局，1985 年 7 月。

25. 孫稚雛：《金文著錄簡目》，中華書局，1981 年 10 月。

26. 徐中舒：《漢語大字典（縮印本）》，四川辭書出版社、湖北辭書出版社，1993 年 11 月。

27. 徐文靖：《竹書紀年統箋》，《二十二子》本，上海古籍出版社，1986 年 3 月。

28. 徐旭生：《中國古史的傳説時代》，廣西師範大學出版社，2003 年 10 月。

29. 荊門市博物館：《郭店楚墓竹簡》，文物出版社，1998 年。

30. 高亨：《古字通假會典》，齊魯書社，1989 年。

31. 馬承源：《中國青銅器》，上海古籍出版社，2003 年 1 月。

32. 馬承源：《商周青銅器銘文選》，文物出版社，1990 年 4 月。

33. 高明：《古文字類編》，中華書局，1980 年 11 月。

34. 張光直：《青銅揮塵》，上海文藝出版社，2000 年 1 月。

35. 張亞初：《殷周金文集成引得》，中華書局，2001 年 7 月。

36. 崔恒升：《安徽出土金文訂補》，黃山書社，1998 年 11 月。

37. 曹錦炎：《吳越歷史與考古論叢》，文物出版社 2007 年 11 月。

38. 郭永秉：《古文字與古文獻論集》，上海古籍出版社，2011 年 6 月。

39. 郭忠恕、夏竦：《汗簡•古文四聲韻》，中華書局，1983 年 12 月。

40. 郭沫若：《奴隸制時代》，科學出版社，1956 年 11 月。

41. 郭沫若：《兩周金文辭大系考釋》，科學出版社，1957 年 12 月。

42. 郭沫若：《郭沫若全集•考古編第四卷•殷周青銅器銘文研究》，科學出版社，2002 年 10 月。

43. 陳漢平：《金文編訂補》，中國社會科學出版社，1993 年 9 月。

44. 陳雙新：《兩周青銅樂器銘辭研究》，河北大學出版社，2002 年 12 月。

45. 復旦大學出土文獻與古文字研究中心編：《出土文獻與古文字研究》（第四輯），上海古籍出版社，2011 年 12 月。

46. 湖北省荊沙鐵路考古隊：《包山楚簡》，文物出版社，1991 年 10 月。

47. 湯餘惠主編：《戰國文字編》，福建人民出版社，2001 年 12 月。

48. 黃錫全：《湖北出土商周文字輯證》，武漢大學出版社，1992 年 10 月。

49. 楊伯峻：《春秋左傳注》，中華書局，1990 年 5 月。

50. 楊樹達：《詞詮》，中華書局，1979 年 10 月。

51. 楊樹達：《積微居金文說》，中華書局，1997 年 12 月。
52. 董楚平：《吳越徐舒金文集釋》，浙江古籍出版社，1992 年出版。
53. 董蓮池：《金文編校補》，東北師範大學出版社，1995 年 9 月。
54. 董蓮池：《說文部首形義通釋》，東北師範大學出版社，2000 年 7 月。
55. 裘錫圭：《文字學概要》，商務印書館，1988 年 8 月。
56. 裘錫圭：《古文字論集》，中華書局，1992 年 8 月。
57. 裘錫圭：《古代文史研究新探》，江蘇古籍出版社，1992 年 6 月。
58. 裘錫圭：《裘錫圭自選集》，河南教育出版社，1994 年 7 月。
59. 裘錫圭：《裘錫圭學術文化隨筆》，中國青年出版社，1999 年 10 月。
60. 裴學海：《古書虛字集釋》，中華書局，1954 年 10 月。
61. 劉彬徽：《楚系青銅器研究》，湖北教育出版社，1995 年 7 月。
62. 韓崢嶸：《古漢語虛詞手冊》，吉林人民出版社，1984 年 3 月。

（二）論文類

1. 于鴻志：《吳國早期重器冉鉦考》，《東南文化》，1988 年 02 期。
2. 孔令遠、李豔華：《也論攎巢編鎛的國別》，《南方文物》2000 年第 2 期。
3. 孔令遠：《徐國青銅器群綜合研究》，《考古學報》，2011 年第 4 期。
4. 王人聰：《徐器銘文雜釋》，《南方文物》，1996 年 1 期。
5. 王人聰：《鄭大子之孫與兵壺考釋》，《古文字研究》第二十四輯，中華書局，2002 年 7 月。
6. 王國維：《觀堂集林》，中華書局，1959 年 6 月。
7. 王輝：《徐銅器銘文零釋》，《東南文化》，1995 年 1 期。
8. 朱玉龍：《徐史述論》，《安徽史學》，1984 年 2 期。
9. 朱德熙、裘錫圭、李家浩：《望山一、二號墓竹簡釋文與考釋》，《望山楚簡》，中華書局，1995 年 6 月。
10. 牟永抗：《紹興 306 號越墓芻議》，《文物》，1984 年 1 期。
11. 江蘇省吳文化研究會：《吳文化研究論文集》，中山大學出版社，1988 年 8 月。
12. 何光岳：《徐族的源流與南遷》，《安徽史學》，1984 年 2 期。
13. 何琳儀：《吳越徐舒金文選釋》，《中國文字》新十九期，美國藝文印書館，1994 年 9 月。
14. 吳聿明：《北山頂四器銘釋考存疑》，《東南文化》，1990 年 Z1 期。
15. 吳振武：《古文字中的「注音形聲字」》，《第三屆國際漢學會議論文集文字學組》，2002 年。
16. 吳振武：《說徐王糧鼎銘文中的「魚」字》，《古文字研究》（第二十六輯），中華書局，2006 年。

17. 吳振武：《談徐王爐銘文中的「鍴」字》，《文物》，1984 年 11 期。

18. 吳振武：《燕國銘刻中的「泉」字》，《華學》第二輯，中山大學出版社，1996 年 12 月。

19. 吳振武：《釋戰國文字中的从「虍」和从「朕」之字》，《古文字研究》第十九輯，中華書局，1992 年 8 月。

20. 李守奎：《《説文》古文與楚文字互證三則》，《古文字研究》第二十四輯，中華書局，2002 年 7 月。

21. 李守奎：《讀〈上海博物館藏戰國楚竹書（二）〉雜識》，《上海博物館藏戰國楚書研究續編》，上海書店出版社，2004 年。

22. 李修松：《塗山匯考》，《中國史研究》，1999 年 2 期。

23. 李家和、劉詩中：《春秋徐器分期和徐人活動地域試探》，《江西歷史文物》，1983 年 1 期。

24. 李家浩：《越王州句複合劍銘文及其所反映的歷史——兼釋八字鳥篆鐘銘文》，《北京大學學報》第 35 卷，1998 年 2 期。

25. 李國梁：《吳越徐青銅器概述》，《中國青銅器全集》，中國青銅器委員會編，文物出版社，1996 年 7 月。

26. 李瑾：《徐楚關係與徐王義楚元子劍》，《江漢考古》，1986 年 3 期。

27. 李瑾：《楚器〈鄴命尹爐〉「應君」封地及其他問題匯考》，《江漢考古》，1989 年 3 期。

28. 李學勤：《中國青銅器全集序》，《中國青銅器全集》，文物出版社，1996 年。

29. 李學勤：《春秋南方青銅器銘文的一個特點》，《吳越地區青銅器研究論文集》，香港兩木出版社，1997 年出版。

30. 李學勤等：《夏商周斷代工程 1996～2000 年階段成果報告》，世界圖書出版公司，2000 年 11 月。

31. 沙孟海：《配兒鉤鑃考釋》，《考古》，1983 年 4 期。

32. 沈湘芳：《襄陽出土徐王義楚元子劍》，《江漢考古》，1982 年 1 期。

33. 谷建祥、魏宜輝：《邳州九女墩所出編鎛銘文考辨》，《考古 1999 年第 11 期。

34. 周曉陸、張敏：《北山器銘考》，《東南文化》，1988 年 3～4 期。

35. 林澐：《新版〈金文編〉正文部分釋字商榷》，1990 年中國古文字研究會年會論文。

36. 孫啓康：《楚器王孫遺者鐘考辨》，《江漢考古》，1984 年 4 期。

37. 徐中舒：《鸞氏編鐘考釋》，《徐中舒歷史論文選輯》，中華書局，1998 年 9 月。

38. 馬道闊：《安徽淮南市蔡家崗趙家孤堆戰國墓》，《考古》，1963 年 4 期。

39. 馬冀、紫陌：《紹興新出甬鐘銘文釋讀「勿」、「之」換位的商榷》，《中國文物報》，2004 年，2 月 20 日。

40. 商志醰、唐鈺明：《江蘇丹徒背山頂春秋墓出土鐘鼎銘文釋證》，《文物》1989 年 4 期。

41. 商志䕑：《次□缶銘文考釋及相關問題》，《文物》，1989 年 12 期。

42. 張萬鍾、張頷：《庚兒鼎解》，《考古》，1963 年 5 期。

43. 張鍾雲：《徐與舒關係略論》，《南方文物》，2000 年三期。

44. 張鍾雲：《淮河中下游春秋諸國青銅器研究》，《考古學研究》，科學出版社，2000 年 10 月。

45. 曹錦炎：《北山銅器新考》，《東南文化》，1988 年 6 月。

46. 曹錦炎：《紹興坡塘出土徐器銘文及其相關問題》，《文物》，1984 年 1 期。

47. 曹錦炎：《跋古越閣新藏之州句劍銘文》，《第三屆國際中國古文字學研討會論文集》，香港中文大學，1997 年。

48. 曹錦炎：《對〈自鐸〉銘文器主與器名的討論》，《中國文物報》2004 年 6 月 4 日。

49. 曹錦炎：《關於遱邔編鐘的「舍」字》，《東南文化》，1990 年 4 期。

50. 陳公柔：《徐國青銅器的花紋、形制及其他》，《吳越地區青銅器研究論文集》，香港兩木出版社，1997 年出版。

51. 陳世輝：《對青銅器銘文中幾種金屬名稱的淺見》，《于省吾教授百年誕辰紀念文集》，吉林大學出版社，1996 年 9 月。

52. 陳秉新：《徐器銘文考釋商兌》，《東南文化》，1991 年 2 期。

53. 陳秉新：《銅器銘文考釋六題》，《文物研究》第十二輯，黃山書社，2000 年 1 月。

54. 陳秉新：《讀徐器銘文札記》，《東南文化》，1995 年 1 期。

55. 陳昭容：《從古文字材料談古代的盥洗用具及其相關問題——自淅川下寺春秋楚墓的青銅水器自名說起》，《中央研究院歷史語言研究所集刊》（臺灣）第七十一本第四分，2000 年 12 月。

56. 陳夢家：《蔡器三記》，《考古》，1963 年 7 期。

57. 陳劍：《青銅器自名代稱、連稱研究》，《中國文字研究》第一輯，廣西教育出版社，1997 年 7 月。

58. 陳劍：《釋上博竹書和春秋金文的「羹」字異體》，2007 中國簡帛學國際論壇論文，2007 年 11 月。

59. 彭適凡：《有關江西靖安出土徐國銅器的兩個問題》，《江西歷史文物》，1983 年 2 期。

60. 彭適凡：《談江西靖安徐器的名稱問題》，《文物》，1983 年 6 期。

61. 賀雲翱：《徐國史研究綜述》，《安徽史學》，1986 年 6 期。

62. 馮時：《虡巢鐘銘文考釋》，《考古》2000 年第 6 期。

63. 馮勝君：《讀上博簡札記二則》，《上博館藏戰國楚竹書研究》，上海書店出版社，2002 年 3 月。

64. 楊坤：《「自鐸」銘文札記》，《中國文物報》，2004 年 4 月 23 日。

65. 董珊：《重讀紹興新發現的甬鐘銘文》，《中國文物報》，2004 年 4 月 23 日。

66. 董楚平：《徐器湯鼎銘文考釋中的一些問題》，《杭州大學學報》第十七卷第一期，

1987 年 3 月。

67. 董楚平：《塗山氏後裔考》，《中國史研究》，1994 年 1 期。

68. 裘錫圭：《西周糧田考》，《胡厚宣先生紀念文集》，科學出版社，1998 年 11 月。

69. 趙世綱：《徐王子旃鐘與徐君世系》，《華夏考古》，1987 年 1 期。

70. 趙平安：《紹興塔山甬鐘的自名名稱及相關問題》，《中國歷史文物》2004 年 5 期。

71. 趙平安：《郭店楚簡與商周古文字考釋》，《古籍整理研究學刊》，2003 年 1 期。

72. 趙平安：《釋「容」及相關諸字》，《古文字研究》第二十四輯，中華書局，2002
年 7 月。

73. 劉雨：《金文「初吉」辨析》，《文物》，1982 年 11 期。

74. 劉釗：《釋愠》，《容庚先生百年誕辰紀年文集》，廣東人民出版社，1998 年 4 月。

75. 劉彬徽：《湖北出土兩周金文國別年代考述》，《古文字研究》十三輯，中華書局，
1986 年版。

76. 劉彬徽：《楚國有銘銅器編年概述》，《古文字研究》第九輯，中華書局，1984 年。

77. 劉翔：《王孫遺者鐘新釋》，《江漢論壇》，1983 年 8 期。

78. 劉廣和：《徐國湯鼎銘文試釋》，《考古與文物》，1985 年 1 期。

79. 劉興：《丹徒北山頂舒器辨疑》，《東南文化》，1993 年 4 期。

80. 蔣贊初：《古徐國小史序》，《古徐國小史》，南京大學出版社，1990 年 5 月。

81. 魏宜輝《再論戲巢編鎛及其相關問題》，《南方文物》，2002 年第 2 期。

82. 鍾遐：《紹興 306 號墓小考》，《文物》，1984 年 1 期。

簡稱對照表

（按簡稱漢語拼音排序）

簡　　稱	全　　稱
從古	從古堂款識學
大系	兩周金文辭大系圖錄考釋
簠齋	簠齋吉金錄
故圖	故宮銅器圖錄
集成	殷周金文集成
集釋	吳越徐舒金文集釋
積古齋	積古齋鐘鼎彝器款識
積微居	積微居金文說
金索	金石索
攈古錄	攈古錄金文
愙齋	愙齋集古錄
愙齋釋文	愙齋集古錄釋文賸稿
錄遺	商周金文錄遺
銘文選	商周青銅器銘文選
奇觚	奇觚室吉金文述
三代	三代吉金文存
善齋	善齋吉金錄
善齋圖錄	善齋彝器圖錄
上博	上海博物館藏青銅器

雙劍誃	雙劍誃吉金文選
陶齋	陶齋吉金續錄
通釋	金文通釋
通考	商周彝器通考
韡華	韡華閣集古錄跋尾
文存	周金文存
文錄	吉金文錄
小校	小校經閣金文拓本
珍品展	全國出土文物珍品展
貞松	貞松堂集古遺文
總集	金文總集
綴遺	綴遺齋彝器款識
綴遺考釋	綴遺齋彝器款識考釋

字 形 表

凡 例

一、本表依據文中的隸定確定字形，共 732 字（含重文），立字頭 221 個，
　　合文 1 個。

二、本表字頭順序基本按照《說文》排列，不見於《說文》者，附於相應
　　部首之後。

三、本表附有拼音檢字索引與筆劃檢字索引，皆參考《漢語大字典》拼音
　　檢字表與筆劃檢字表。

四、不識字與殘字，列爲附錄。

材料出處簡稱表

全　　　　稱	簡　　　　稱
徐王糧鼎	糧鼎
宜桐盂	盂
庚兒鼎甲	庚甲
庚兒鼎乙	庚乙
沇兒鎛	鎛
徐王子旃鐘	旃鐘
義楚耑	義楚耑
徐王義楚耑	徐王耑
徐王義楚盤	義楚盤
徐王義楚劍	義楚劍
徐王義楚元子劍	元子劍
僕兒鐘甲	僕甲
僕兒鐘乙	僕乙
僕兒鐘丙	僕丙
僕兒鐘丁	僕丁
徐令尹者旨塼爐盤	爐盤
徐王禹父耑	禹父耑
徐醓尹鉦	鉦
徐王之子利戈	利戈
次□缶蓋	缶蓋
之乘辰自鐘	之鐘
徐王之元子扒爐蓋銘	爐
徐瘠尹湯鼎蓋銘	湯鼎蓋銘
徐瘠尹湯鼎肩銘	湯鼎肩銘
徐王戈甲	徐王戈甲
徐王戈乙	徐王戈乙

卷　一

元		 旆鐘 6 僕甲 23 之鐘	 旆鐘 49 缶蓋 8	 鎛	 鎛 34 爐 6
天		 徐王耑 23			
祭		 徐王耑 18	 義楚耑 4		
祀		 旆鐘 25	 鎛 51	 湯鼎蓋銘 24	 湯鼎肩銘 24
禜		 旆鐘 24 按：「盟祀」之 「盟」，詳見卷 七。			

王		糧鼎 2	盂 10	庚甲 9	庚乙 9
		鎛 9	㫱鐘 11	徐王耑 9	義楚盤 2
		元子劍 3	禹父耑 2	利戈 2	徐王爐 2
		徐王戈甲	徐王戈乙	義楚劍 2	之鐘 15
皇		徐王耑 22	㫱鐘 52	鎛 31	鎛 67
士		鎛 66	㫱鐘 40	鉦 38	
中		鎛 24	㫱鐘 45		

每		湯鼎蓋銘 19	湯鼎肩銘 19 按：讀爲「敏」。		
甾		之鐘 23 按：人名用字。			
若		糧鼎 24			

卷　二

小	少	爐 8 按：讀爲「小」。			
	曾	僕甲 9	僕丙 9		
	尚	鉦 41 按：字殘。			

余		 徐王耑 13	 僕甲 13	 僕丙 13	 僕甲 19
		 僕丙 19	 僕丙 30	 僕甲 41	 僕乙 41
		 鉦 39	 湯鼎肩銘 20	 湯鼎蓋銘 20	
		 之鐘 13			
吾	虡	 鉦 19 按：讀爲「吾」， 詳見卷五虎部。			
君		 爐盤 2	 缶蓋 3		
哉		 僕丙 29			

台		 僕乙 50 按：銘文中讀爲 「以」，詳見卷 十四「以」字。			
吉		缶蓋 14	僕甲 6	僕丙 6	僕甲 46
		僕乙 46	庚甲 5	庚乙 5	徐王耑 4
		徐王耑 14	義楚盤 7	鎛 5	鎛 18
		盂 5			
		爐盤 13	元子劍 11	斾鐘 5	斾鐘 16
		湯鼎蓋銘 4	湯鼎肩銘 4	鉦 5	鉦 36
		之鐘 5	之鐘 37		

呇		 之鐘 31			
	唬	 僕甲 27	 僕丙 27		
	正	 鎛 2	 僕甲 1	 僕丙 3	 鉦 2
		 庚甲 2	 庚乙 2	 徐王耑 2	 旆鐘 2
		 湯鼎蓋銘 2	 湯鼎肩銘 2	 盂 2	 之鐘 2
	是	 糧鼎 23	 僕甲 72	 僕乙 72	 鉦 40
延	征	 庚甲 18	 庚乙 18	 鉦 16	

追		僕乙	僕丁		
达		僕丙 14 按：人名用字，詳見卷十夫字。			
㒸		僕乙 57 按：讀爲「先」，詳見卷八先字。			
遳		僕乙 43 按：人名用字，詳見卷五乘字。			
邌		僕乙 66 按：讀爲「舞」，詳見卷五「舞」字。			
遒		鑄 41 按：讀爲「會」，詳見卷會字。			

徐	邠	爐盤 5 按：詳見卷六邠字。		
復	退	之鐘 17 僕甲 70	之鐘 46 按：讀爲「後」，訛作「退」，又見本卷「後」字。 僕乙 70	
後	迻	之鐘 17	之鐘 46 按：讀爲「後」，訛作「退」。	
征		鉦 16 按：詳見本卷延字。		

行		庚甲 20	庚乙 21		
足		之鐘 20			
龢		庚甲 22	庚乙 23	旆鐘 20	鎛 22
		鎛 40			
	龢	僕甲 52	僕乙 52		

卷 三

十		之鐘 3			
世		糧鼎 22 之鐘 43	旒鐘 69	鉦 26	
語		僕甲 73	僕乙 73		
訊		之鐘 29			
賜		旒鐘 48			

諻		 旆鐘 60			
訶		 僕乙 65 按：「歌舞」之「歌」，詳見卷八歌字。			
譸		 湯鼎蓋銘 32	 湯鼎肩銘 32		
音		 旆鐘 54			
韓		 鎛 25 按：「韓」字从音，又見卷四鳥部。			
龢		 僕甲 52	 僕乙 52 按：「龢」字異體。		

諆		旆鐘 65 按：讀爲「期」，增音旁，詳見卷七期字		
僑		旆鐘 55		
僕		僕甲 11	僕丙 11	
臥		旆鐘 34 按：疑讀爲「僕」字。		
兵		鉦 25		
羮	鬻	庚甲 24	庚乙 25	糧鼎 13

又		禹父盨 4 按：疑讀爲「父」。又見本卷「父」字。			
父	又	鎛 63 僕甲 61 禹父盨 4 按：疑讀爲「父」。又見本卷「又」字。	旆鐘 37 僕丙 61	僕甲 40 僕丁 4	僕乙 40
尹		爐盤 7	湯鼎蓋銘 10	湯鼎肩銘 10	鉦 10
叡	虞	旆鐘 47	鎛 26		

及		鎛 61	𦉞鐘 30	徐王㝬 24	
肅	橐	湯鼎蓋銘 26	湯鼎肩銘 26		
臣		僕甲 35			
皮		鉦 35 按：讀爲「皮」。			
故		鉦 12			
鼓		鎛 77 之鐘 44	𦉞鐘 70		

籔		 湯鼎肩銘 35 按:詳見卷十四 「育」字。			
用		 盂 28	 鎛 36	 元子劍 15	 缶蓋 30
		 庚甲 17	 庚甲 19	 庚甲 21	 庚甲 23
		 庚乙 18	 庚乙 20	 庚乙 22	 庚乙 24
		 僕甲 68	 僕乙 68		
		 湯鼎蓋銘 43	 湯鼎肩銘 43		
		 糧鼎 4	 糧鼎 12	 糧鼎 16	 利戈 8 按:糧鼎、利戈 銘文中「用」字 皆反書。

		義楚劍 6		

卷 四

賜		徐王戈甲	徐王戈乙		
自		庚甲 13 徐王耑 16 鉦 14 之鐘 12	庚乙 14 義楚盤 9 缶蓋 16 之鐘 39	鎛 20 元子劍 13 湯鼎蓋銘 12	旃鐘 18 爐盤 15 湯鼎肩銘 12

者		 爐盤 8 徐王戈甲	 鉦 11 徐王戈乙		
百		 鎛 42			
隹		 盂 1 斾鐘 1 湯鼎肩銘 1 之鐘 1	 庚甲 1 徐王耑 1	 庚乙 1 僕 3	 鎛 1 湯鼎蓋銘 1

雔	淮	糧鼎 17			
鼒	鞼	鎛 25	旆鐘 46		
鳴		旆鐘 50			
烏	於	僕甲 26 徐王戈乙	僕丙 26		
惠		鎛 48			
叡		湯鼎蓋銘 21	湯鼎肩銘 21 按：「敢」字。		

利		利戈 5 按：反畫。 之鐘 21 按：或釋爲「剝」。	缶蓋 6		
初		盂 4 斾鐘 4 湯鼎蓋銘 6	庚甲 4 僕甲 5 湯鼎肩銘 6	庚乙 4 僕丙 5	鎛 4 鉦 4
剱	鍅	鉦 24	元子劍 16		

卷　五

箕	其	糧鼎 5	糧鼎 9	鎛 17	義楚盤 6

		元子劍 10	爐盤 12	湯鼎肩銘 40 按：湯鼎肩銘之字讀爲「期」，同器蓋銘从日，寫作「」。	
		之鐘 41 斿鐘 15	斿鐘 53	缶蓋 13	
曰		僕甲 25	僕丙 25		
于		鎛 45 僕甲 16	鎛 49 僕丙 16	義楚耑 21	斿鐘 57

旨		 爐盤 9 之乘辰 16			
喜		 鎛 56	 斾鐘 44		
嘉		 鎛 33	 鎛 59	 斾鐘 28	
虖		 僕甲 27	 僕丙 27 按：辭例爲「嗚嘑」。		
歔		 鎛 52 按：讀爲「吾」。			

虍		 鉦 19 按：讀爲「吾」。			
盂		 盂 20			
盧		 爐盤 17	 徐王爐 9		
昷		 湯鼎蓋銘 16	 湯鼎肩銘 16		
邟		 湯鼎蓋銘 31	 湯鼎肩銘 31		
爵	斗	 鉦 20			
饋	饎	 糧鼎 10			
飤		 盂 19	 庚甲 15	 庚乙 16	 僕甲 64

		僕乙 64 按：「飲食」之「食」。			
會	遣	鑄 41			
缶		缶蓋 19			
知		湯鼎蓋銘 30	湯鼎肩銘 30		
言		義楚耑 20			
良		糧鼎 6	僕甲 34	湯鼎蓋銘 17	湯鼎肩銘 17
舞	遴	僕甲 66	僕乙 66		

乘		之鐘 10			
	逨	僕甲 43	僕乙 43		

卷　六

桐		盂 16			
槃	盤	鎛 37	義楚盤 12	爐盤 18	
	樂	鎛 28	旆鐘 27	僕甲 59	僕乙 59
霖	無	庚甲 27	庚乙 27	鎛 71	旆鐘 64
		鉦 32	缶蓋 22	湯鼎蓋銘 39	湯鼎肩銘 39

楚		義楚耑 2	徐王耑 11	義楚盤 4	元子劍 4
		僕甲 32			
才		鉦 6	旆鐘 8 按：徐王子旆鐘中的「才」字，或誤釋爲「癸」。		
之		盂 13	盂 29	庚甲 10	庚乙 10
		鎛 11	鎛 78	旆鐘 71	義楚耑
		僕甲 17	僕丙 17	僕甲 38	僕丙 38
		僕甲 69	僕丙 69	僕丙 22	僕甲 33

		爐盤 3	禹父耑 5	禹父耑 9	缶蓋 4
		缶蓋 7	缶蓋 31	爐 3	爐 7
		湯鼎蓋銘 44	湯鼎肩銘 44		
		元子劍 5	之鐘 9	之鐘 18	之鐘 24
		之鐘 32	之鐘 48 按：此字與同銘 「勿」字異位。		
		利戈 3	利戈 6 按：利戈「之字」 反書。		
生		鎛 43	旆鐘 32 按：皆讀爲 「姓」。		

購		僕甲 42	僕丙 42		
賢	臥	旆鐘 34 按：疑應讀爲「僕」。			
	賓	糧鼎 18 按：反書。	鎛 60	旆鐘 29	
貴		之鐘 33			
徐	郐	糧鼎 1	盂 9	庚甲 1	庚乙 2
		鎛 8	徐王耑 8	義楚盤 1	元子劍
		爐盤 5	禹父耑 1	鉦 8	缶蓋 1

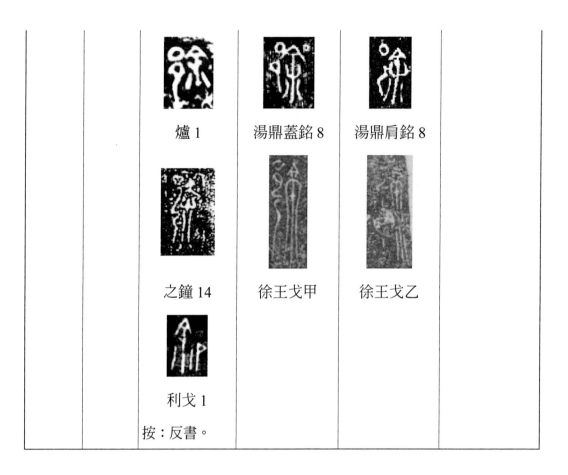

		爐 1	湯鼎蓋銘 8	湯鼎肩銘 8	
		之鐘 14	徐王戈甲	徐王戈乙	
		利戈 1 按：反書。			

卷　七

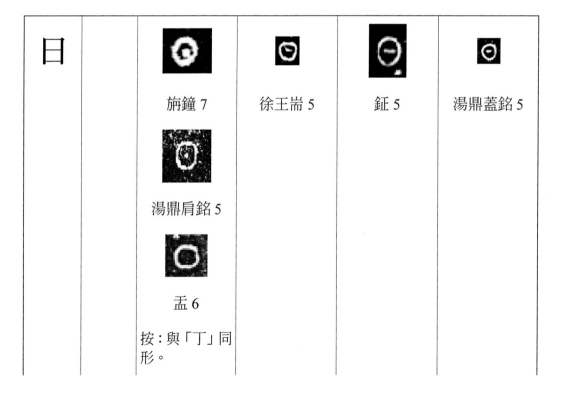

日		旃鐘 7	徐王耑 5	鉦 5	湯鼎蓋銘 5
		湯鼎肩銘 5			
		盂 6 按：與「丁」同形。			

臘	腊	之鐘 6 按：拓片字形與「丁」字同形。曹錦炎謂據原器可辨是「日」字，又見卷十四「丁」字。			
臘	腊	糧鼎 15			
	旃	旃鐘 13			
曟	晨	之鐘 11 按：人名用字，或釋爲「辰」。			
月		盂 3 旃鐘 3	鎛 3 義楚耑 3	庚甲 3 僕甲 4	庚乙 3 僕丙 4

		 鉦 3 之鐘 4	 湯鼎蓋銘 3	 湯鼎肩銘 3	
期	其 員	 鎛 72 湯鼎肩銘 40 按：讀爲「期」， 同器蓋銘寫作 「」。 缶蓋 23 按：讀爲期	 湯鼎蓋銘 40		
	韻	 旆鐘 65 按。讀爲「期」。			

盟 （盟）	朙	沈兒鎛	湯鼎蓋銘 23	湯鼎肩銘 23 按：皆讀爲「盟 祀」之「盟」。	
	䁂	斿鐘 24 按：讀爲「盟祀」 之「盟」，「盟」 之異體字。			
鼎		糧鼎 11 湯鼎蓋銘 15	湯鼎肩銘 15		
兼		斿鐘 35			
糧	粱	盂 12 糧鼎 3 按：或隸定爲 「糧」。			

耑	鍴	義楚耑 5 義楚耑 19	禹父耑 6	禹父耑 7	
宴		旃鐘 42 鎛 54			
寶		徐王耑 34			
宜		盂 15			
客		糧鼎 19			
躬		湯鼎蓋銘 34	湯鼎肩銘 34		

瘇		爐盤 1 按：或釋爲「瘇」字。			

卷　八

人		鉦 37			
保		鑄 76 湯鼎肩銘 42	義楚耑 29	缶蓋 29	湯鼎蓋銘 42
備		鉦 22			
作	乍	湯鼎蓋銘 13 按：詳見卷十二乍字。			
俗		湯鼎蓋銘 28	湯鼎肩銘 28		

身		徐王耑 31			
壽		盂 27	庚甲 26	庚乙 27	鎛 70
		旆鐘 63	鉦 31	缶蓋 21	湯鼎肩銘 33
		湯鼎肩銘 38			
		湯鼎蓋銘 33	湯鼎蓋銘 38		
考		僕甲 56	僕乙 56	僕丁 4 按：讀爲「孝」。	
		徐王耑 27			
方		旆鐘 59			

兒		 僕甲 12 鎛 15	 僕甲 44 庚甲 12	 僕乙 44 庚乙 12	 僕丙 12
兄	跬	 僕甲 62 鎛 64	 僕乙 62 旆鐘 38 按:「兄」、「坒」雙聲。	 僕丁 4	
先	洗	 僕甲 57	 僕乙 57		
歌	訶	 僕甲 65	 僕乙 65		
次		 鉦 18	 缶蓋 10		

		之鐘 22		
歙		鎛 38	僕甲 63	僕乙 63

卷　九

頵	頵	缶蓋 2 按：專名用字，疑爲「頵」字。		
	文	徐王耑 26		
令	敆	爐盤 6 按：讀爲「令」。		
	敬	旃鐘 23	僕甲 29	僕乙 28	湯鼎蓋銘 22

		湯鼎肩銘 22			
庶		斾鐘 39 鎛 65			
勿		之鐘 45 按：與同銘「之」字異位。			
昜		鎛 27 按：讀爲「瓁」。			
而		之鐘 27			

卷　十

夫	达	\n\n之鐘 30\n\n\n\n僕甲 14	\n\n僕丙 14		
思		\n\n鎛 12	\n\n鎛 44\n\n按：讀爲「淑」。		
忘		\n\n之鐘 49			
夫	甸	\n\n徐王耑 30\n\n按：讀爲「以」，\n詳見卷十四以\n字。			

卷 十 一

塗	涂	湯鼎蓋銘 27	湯鼎肩銘 27		
沈		鎛 14			
溉		禹父甌 8			
湯		湯鼎蓋銘 14	湯鼎肩銘 14		
沫		庚甲 25	庚乙 26		
		鎛 69	旆鐘 62	鉦 30	缶蓋 20
		湯鼎蓋銘 37	湯鼎肩銘 37		

澣	浣	 義楚盤 11			
永		 盂 26  湯鼎蓋銘 41	 鎛 75  湯鼎肩銘 41	 徐王耑 28	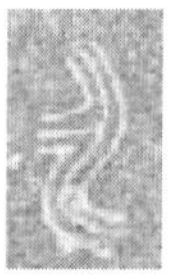 缶蓋 28
魚		 糧鼎 14 按：反書。			

卷 十 二

孔		 鎛 30	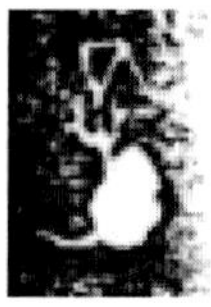 鎛 32	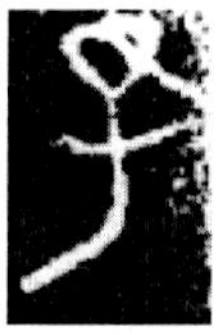 旃鐘 51	
至		 鉦 23			
聯		 僕甲 20	 僕丙 20		

聖		 湯鼎蓋銘 18	 湯鼎肩銘 18		
巸		 鎛 68	 斿鐘 61 按：讀爲「熙」。		
聞		 斿鐘 56			
擇	㑞	 鎛 16 元子劍 9	 斿鐘 14 爐盤 11	 徐王耑 12 缶蓋 12	 義楚盤 5 之鐘 35
姓		 之鐘 34 按：讀爲「甥」。			

威		 鏄 46			
妹		 盂 23			
民		 僕甲 71	 僕乙 71		
垕		 之鐘 36			
我		 鏄 62	 旆鐘 31	 旆鐘 33	 義楚耑 25
		 僕乙 60	 僕丁 4		
義		 鏄 47 按讀爲「儀」。	 義楚耑 1	 徐王耑 10	 義楚盤 3

		 元子劍 3 義楚劍 3			
乍		 盂 17	 庚甲 15	 庚乙 15	 鎛 21
		 旃鐘 19	 義楚盤 10	 爐盤 16	 鉦 15
		 缶蓋 17	 湯鼎蓋銘 13	 湯鼎肩銘 17	
		 之鐘 28	 之鐘 40		
		 元子劍 14 按：反書。			

孫		 盂 14	 盂 24	 鎛 74	 旃鐘 67
		 徐王耑 33	 僕甲 10	 僕丙 10	 僕甲 18
		 僕丙 18	 爐盤 4	 鉦 29	 缶蓋 5
		 缶蓋 26			
		 糧鼎 21 按：反書。			
		 之鐘 19	 之鐘 47		

卷 十 三

緜		庚甲 16	庚乙 17		
卯		缶蓋 18			
城		鉦 17			
疆		庚甲 28	庚乙 29	鉦 33	
甾	甾	爐盤 10 按：人名用字。			

卷 十 四

| 金 | | 糧鼎 7
義楚盤 8 | 鎛 19
元子劍 12 | 旆鐘 17
僕甲 47 | 徐王耑 15
僕乙 47 |

		 爐盤 14	 缶蓋 15	 之鐘 38	
鑄	盠 爂	 僕甲 51 糧鼎 8 盂 8	 僕乙 51		
鐘		 僕甲 53 之鐘 42 按：或釋「鐸」， 或釋「鐲」。	 僕乙 53	 旆鐘 21	 旆鐘 23
鎛		 僕甲 48	 僕乙 48		

鋁		僕甲 49	僕乙 49	
鍴		徐王耑 19		
鐱		鉦 24 按：詳見卷四 「劍」字。		
且		僕甲 58	僕乙 58 按：辭例爲： 「以追孝先且 （祖）」。	
斯		僕甲 15	僕丙 15	
祝		鉦 21 按：疑讀爲 「矛」。		
四		旆鐘 58		

九		僕甲 3	僕丙 3		
萬		旂鐘 68	鉦 27		
禹		禹父嵩 3 按：專名用字。			
丁		庚甲 6	庚乙 6	鎛 6	徐王嵩 6
		僕甲 7	僕丙 7		
		之鐘 6 按：拓片字形與「丁」字同形。曹錦炎謂據原器可辨是「日」字，又見卷七「日」字下。			
		之鐘 7			

成		鑄 35			
己		盂 7			
是		缶蓋 23 按：讀爲「期」，詳見卷七「期」字。			
庚		庚甲 11 湯鼎蓋銘 7	庚乙 12 湯鼎肩銘 7	庚乙 12	鉦 7
子		盂 25 旂鐘 12	庚甲 11 旂鐘 66	鑄 13 徐王耑 32	鑄 73 元子劍 7

		僕丙 24	鉦 28	湯鼎蓋銘 36	湯鼎肩銘 36
		缶蓋 9	缶蓋 24		
		之鐘 26			
		糧鼎 20	利戈 4 按：反書。		
字		僕甲 39	僕乙 39 按：讀爲「慈」。		
季		盂 11			
育	敏	湯鼎蓋銘 35	湯鼎肩銘 35		

辱	誻	湯鼎蓋銘 32	湯鼎肩銘 32 按：讀爲「辱」。		
巳		之鐘 8			
己		盂 21	鎛 53	鎛 55	鎛 57
		旆鐘 33	旆鐘 26	旆鐘 36	旆鐘 41
		旆鐘 43	湯鼎蓋銘 29	湯鼎肩銘 29	
	勾	湯鼎蓋銘 25	湯鼎肩銘 25 按：讀爲「以」。		
	台	僕甲 50	僕甲 54	僕乙 50	僕乙 54
酉		鎛 39	徐王耑 7		

		 盂 8 按：讀爲「酉」。 疑爲錯字。			
醢		 鉦 9			
酢		 徐王耑 17 按：讀爲「作」。			
亥		 庚甲 7	 庚乙 7	 鎛 7	 旃鐘 9
		 僕甲 8	 僕丙 8		

合　文

子孫	 僕甲 67	 僕乙 67		

附　錄

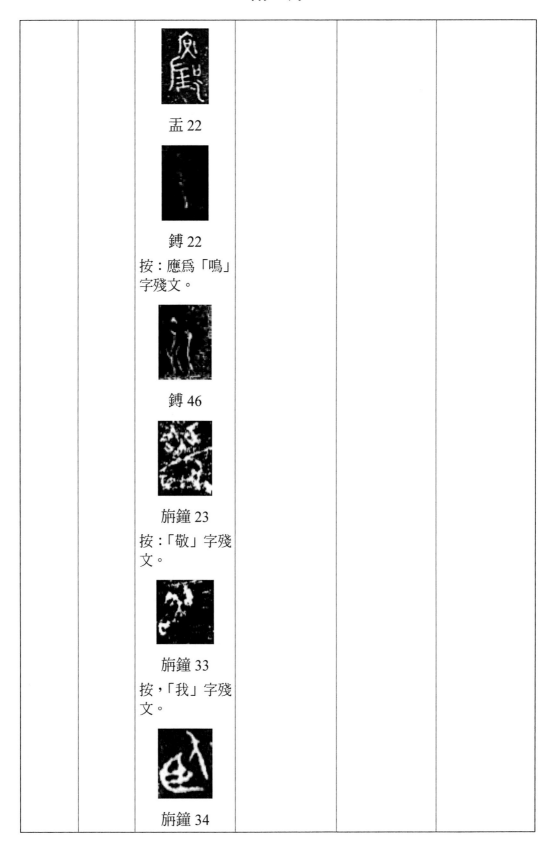

盂 22

鎛 22

按：應爲「鳴」
字殘文。

鎛 46

旃鐘 23

按：「敬」字殘
文。

旃鐘 33

按，「我」字殘
文。

旃鐘 34

		義楚劍 1 按：「郤」字殘文。 義楚劍 4 按：「楚」字殘文。 元子劍 5 按：「之」字殘文。 元子劍 6 按：「元」字殘文。 元子劍 8 元子劍 16 按：「劍」字殘文。			

僕甲 1

按：「隹」字殘文。

僕甲 21　　　僕丙 21

僕甲 36

按：「而」字殘文。

利戈 9

鉦 41

鉦 34

鉦 26

按：「世」字殘文。

		 鉦 13 鉦 1 按：「隹」字殘文。 禹父耑 10 爐盤 1 缶蓋 2 缶蓋 11 徐王爐 5 徐王爐 6			

		湯鼎蓋銘 9	湯鼎肩銘 9		
		湯鼎蓋銘 11	湯鼎肩銘 11		
		徐王戈乙 按：殘文。			

拼音檢索

筆劃檢索

後 記

　　本書在筆者碩士學位論文的基礎上修改增訂而成。白駒過隙，2004 年碩士畢業論文《徐國銅器銘文研究》完成，距今已十年矣。此次修訂出版，新增之乘辰自鐘（又名自鐘、自鐸）、徐王義楚劍、徐王戈三器；文後新增字形表，方便讀者翻檢比對；原文十七器之解讀雖亦有所改易，然盡力保持原貌。

　　這次增刪舊文，翻檢資料，見當日李守奎師朱筆手書批註，思緒飄揚，感思不已。2001 年入吉林大學文學院，幸爲李師開山弟子，其後又追隨恩師完成博士學業，受恩師之陶冶煦育，良有年矣。老師、師母對弟子嚴愛有加，亦師亦親。2003 年非典，被困校園，老師師母隔欄送粽；2007 年暑假趕稿，日日面臨謦欬；吉大南區，隨侍李師，散步閒談；種種情景，歷歷在目。碩士論文寫作之日，李師數遍修改，不厭其煩，衷心感念。雖老師耳提面命，然僕顓愚，更兼疏懶憊賴，難謝師恩，文中訛謬錯亂之處仍應多見，祈請方家教正。

　　拳拳寸草之心，難報浩浩三春之輝，負笈遠游多年，不得承歡膝下，謹以小書，代彩衣之娛。書稿修改期間，內子王磊悉心照料飲食起居，掃描影印資料，多有襄助之功。

　　碩士論文寫作時，蔣玉斌師兄曾閱讀校對，助益頗多；本書圖片甚多，責編費心費力，衷心感謝。

孫偉龍

2014 年 9 月 1 日